El joven

POE

El extraño crimen de Mary Roget

CUCA CANALS

El joven POE

El extraño crimen de Mary Roget

edebé

© Autoría: Cuca Canals, 2017

© de la edición: Edebé, 2017

Paseo de San Juan Bosco, 62

08017 Barcelona

www.edebe.com

Atención al cliente: 902 44 44 41

contacta@edebe.net

Directora editorial: Reina Duarte

Diseño de la colección: Book & Look

1.ª edición, marzo 2017

ISBN: 978-84-683-3184-3

Depósito legal: B. 912-2017

Impreso en España

Printed in Spain

CARTA A LOS LECTORES QUE LEEN UNA NOVELA MÍA POR PRIMERA VEZ

Apreciado amigo o amiga:

Me llamo Edgar Allan Poe, tengo 11 años y vivo con mis padrastros en la calle Morgue de Boston, capital de Massachusetts.

Mi madre murió hace 3 años, pero mi padre está vivo, aunque esto lo averigüé hace poco. Descubrí que se había establecido en Dublín, gracias a la información de un familiar lejano. Al parecer, nos abandonó tras la muerte de mi madre. Tengo 2 hermanos de sangre, Rosalie y William Henry. Los tres vivíamos juntos en un orfanato hasta que nos dieron en adopción hace un par de años y fuimos a parar a familias diferentes. Por suerte, Rosalie vive con sus padrastros a solo dos calles de mi casa. En cambio, William Henry reside en Baltimore, a 399 millas de Boston.

Mis padres adoptivos tienen otro hijo, Robert Allan, de 16 años. No lo soporto. Me odia porque cree que voy a quedarme con el dinero de sus padres. Siempre se está peleando conmigo. Yo estoy convencido de que quiere matarme.

En la escuela me llaman «El Raro», pero a mí me da igual lo que digan los demás. ¿A quién perjudico siendo como soy? ¿Acaso no somos todos un poco raros? ¿Quién no tiene alguna manía? ¿No es peor la gente que declara ser normal y siempre está incordiando a los demás? Yo creo que ser raro significa ser único. Y eso, más que un defecto, me parece una virtud.

Me encanta hacer formas geométricas con todo; con el puré de patatas hago cuadrados; con las pequeñas piedras del jardín hago triángulos, y en las superficies polvorientas dibujo círculos con la yema de mi dedo índice. No soporto que los objetos estén colocados uno al lado de otro y que se toquen entre sí; por ejemplo, los cubiertos o las tizas de colores. Cuando me voy a dormir, antes de cerrar los ojos, tengo que contar hasta 13. Asimismo, soy algo supersticioso. Cada vez que voy a algún sitio en el que no he estado, tengo que formar un círculo caminando. Por las mañanas siempre salgo de la cama pisando el suelo de mi habitación con el pie derecho. ¡Si un día me equivoco, me quedo en la cama todo el día, aunque tengo que inventarme que estoy enfermo porque, de lo contrario, mis padrastros no me dejarían! Durante las noches de tormenta siempre me aseguro de dormir con la tripa cubierta y la ventana bien cerrada. Lo hago desde que leí que los fantasmas te pueden robar el ombligo y devorarte sin piedad.

Otra razón para que me tilden de raro es que mi padrastro es el dueño de una funeraria, un lugar que, por cierto, visito a menudo: cada vez que se enfada conmigo me envía allí a barrer. Eso ha hecho que, además de ser un experto en limpiar suelos, ya haya visto cientos de muertos. En concreto, 460 cadáveres hasta el día de hoy. Al principio me daban un poco de miedo y repelús, pero ahora solo me provocan una respetuosa indiferencia. A veces, cuando acabo de barrer me echo una siesta en alguno de los ataúdes vacíos y agradezco a los difuntos que no le digan nada a mi padre adoptivo. Es una de las

ventajas de vivir entre muertos: no molestan a nadie. Con la escoba me encanta hacer pequeños círculos de suciedad e imaginarme que el polvo se transforma en enormes escarabajos, cucarachas o arañas que reptan por las paredes. Son tan repugnantes que hasta los cadáveres resucitan al verlos.

Por una imposición de mi padrastro, un hombre muy pragmático, siempre visto de negro. Así, las manchas y el desgaste de mi ropa no se notan tanto y mi madrastra tiene menos trabajo conmigo. Hoy en día esta es la lista de la ropa que tengo (¡también me encanta hacer listas!).

MI ROPA

- 6 camisas de color negro
- 3 jerséis de cuello alto de color negro
- 1 chaleco de color negro
- 2 abrigos de color negro
- 2 pares de zapatos de color negro
- 3 calzones de color negro
- 6 camisetas de color negro
- 3 camisones de noche de color negro

Supongo que vestir de negro tampoco ayuda a que me vean como a un joven normal, pero no me importa porque es mi color preferido. Como la oscuridad y la noche. Me encanta adentrarme en la negrura. Cuando cierro los ojos, puedo hacer todo lo que quiero: desde imaginarme que puedo volar hasta enfrentarme a un ejército de bisontes. Sucede lo mismo que cuando escribes. Puedo inventarme mundos irreales, crear personajes maravillosos o incluso torturar a mi hermanastro Robert Allan. Por eso, cuando sea mayor, quiero ser escritor. Y, lo mejor de todo, con la imaginación puedo ver a mi difunta madre siempre que quiero. Se acerca a mí y los dos nos abrazamos.

Una vez en la clase de arte me pidieron que dibujara un plato de sopa y yo hice un rectángulo negro más o menos así:

Le dije al profesor que ahí dentro yo veía perfectamente un plato de sopa. Le pedí que utilizara la imaginación, pero, como la mayoría de los adultos, continuaba sin distinguir el plato.

Entonces, concreté más el dibujo:

Hice un círculo y así conseguí que, al menos, se imaginara el plato. Eso sí, no aprobé el ejercicio porque no hubo manera de que viera la sopa.

Tengo un amuleto que, debo reconocerlo, no es muy «normal»: el ojo de un muerto que guardo en un pequeño frasco con formol. Lo robé hace tiempo de la funeraria de mi padrastro y lo llevo siempre en mi bolsillo. Además, me sirve como arma secreta de defensa. Si alguien me molesta, le aproximo el ojo y en el 99 % de los casos logro que me dejen en paz.

También tengo una mascota muy especial, un cuervo al que bauticé *Neverland*. ¡Es la única palabra que sabe pronunciar! La repite constantemente, así que no me costó mucho decidir el nombre. Vive en un saliente del tejado de nuestra casa y en invierno, cuando hace mucho frío, lo dejo dormir en la buhardilla donde guardamos los muebles viejos. A veces me sigue a los sitios a los que voy, como si quisiera protegerme desde el cielo. Cuando me acompaña a la escuela, siempre le pido que se mantenga a una distancia prudente para que nadie sepa que él y yo somos amigos. Mi hermana pequeña *Rosalie* es de las pocas personas que lo conoce. Mi padrastro y mi hermanastro, por supuesto, no saben ni que existe porque, si se enteraran, estoy seguro de que lo desplumarían y descuartizarían sin pensárselo dos veces.

Además de ir a la escuela, me dedico a vender sustos. Sí, vendo sustos de asustar. A cambio de una pequeña cantidad de dinero, mis clientes pueden elegir uno de los muchos que les ofrezco. ¿Que para qué sirven? Muy fácil. Para amedrentar a la persona que más deteste el cliente. Incluso he hecho un catálogo donde explico paso a paso cómo llevarlos a cabo. Vendo desde sustos para sobrecoger a padres crueles o a hermanos mayores aprovechados, hasta sustos para vengarse de profesores injustos o tutores despiadados.

Mi sueño es reunir el dinero necesario para que mis hermanos verdaderos y yo podamos ir a buscar a nuestro padre a Dublín, en Irlanda. Con los sustos ya he ahorrado bastante dinero y sé que ahora voy a poder ganar mucho más. Auguste Dupin, el afamado inspector de la Policía de Boston, me pidió ayuda para resolver un caso, el de dos mujeres que aparecieron asesinadas en la calle Morgue. Gracias a mi colaboración dieron con el asesino. A cambio, recibí una generosa recompensa. ¡Espero poder ayudar al inspector en otros casos! Bueno, la verdad es que ya lo he hecho…

Sin más demora, aquí os presento mi segundo relato, una aventura que tuvo lugar un mes después de que Dupin y yo resolviésemos «El misterio de la calle Morgue».

Espero que os lo paséis de miedo.

Muchas gracias y un gran saludo.

Edgar Allan Poe

LA MUJER
SIN CABEZA

Cuando Robert Allan abrió los ojos, emitió un grito aterrador. Y no era para menos. Se encontraba en su cama y lo que acababa de ver le había dejado el alma helada. Frente a los pies de su cama, una mujer sin cabeza. Podía distinguirse perfectamente el limpio corte que le habían hecho en el cuello. Una cantidad horrible de sangre emanaba del pescuezo y había teñido de rojo el camisón blanco que vestía. A pesar de no tener cabeza, el cuerpo movía los brazos sin descanso. Arriba y abajo. Abajo y arriba. A sus 16 años, era sin duda alguna el susto más grande que Robert Allan se había llevado en su vida. Y como si el espectáculo no fuera lo suficientemente dantesco, un cuervo negro como el carbón entró por la ventana, se posó sobre el cuello ensangrentado sin cabeza y comenzó a graznar con desesperación. ¡Ahora parecía que el cuerpo de la mujer tenía una cabeza de cuervo!

La mujer degollada dio 3 vueltas sobre sí misma y luego se alejó mientras Robert continuaba sin reaccionar y el cuervo salía apresuradamente por la ventana.

Robert Allan, todavía aturdido, se estaba haciendo todo tipo de preguntas. ¿Quién era esa mujer? ¿Qué hacía frente a su cama? ¿Quién la había decapitado? ¿Cómo podía ser que, a pesar de estar descabezada, estuviese viva?

Escondido tras la puerta de su habitación, yo me desternillaba. Mi hermana y yo estábamos probando el nuevo susto que yo había ideado: el susto de la mujer sin cabeza. Rosalie se había ofrecido a llevar el camisón. Y por supuesto Neverland, mi querido cuervo, había seguido mis instrucciones: tenía que posarse sobre el cuello del camisón y permanecer ahí unos instantes mirando fijamente a Robert Allan.

Era el susto número 18 de mi catálogo de sustos y había decidido ponerlo en práctica con el impresentable de mi hermanastro, aprovechando que mis padrastros no se encontraban en casa. Habían ido al visitar a unos parientes lejanos que vivían en las afueras de Boston. Como ese día no había clases, Robert Allan, a quien le encanta dormir, se había quedado en la cama.

Mi hermanastro había vuelto a casa porque lo habían expulsado, por su mal comportamiento, del colegio militar donde estaba interno. Parecía que el lema de su vida era fastidiar a los demás y, especialmente, a mí. Durante un año, como mínimo, iba a estudiar en Boston y, para mi desgracia, su habitación estaba junto a la mía.

Eso sí, yo tenía mis propios planes para él. Para empezar, había decidido convertirlo en el conejillo de Indias de mis próximos sustos. El de la mujer sin cabeza estaba más que aprobado; funcionaba a la perfección.

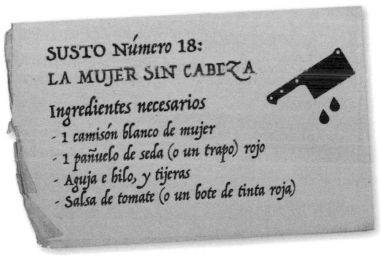

SUSTO Número 18:
LA MUJER SIN CABEZA

Ingredientes necesarios
- 1 camisón blanco de mujer
- 1 pañuelo de seda (o un trapo) rojo
- Aguja e hilo, y tijeras
- Salsa de tomate (o un bote de tinta roja)

Modo de preparación

1 Se tapa la abertura del cuello de un camisón grande con un pañuelo de color rojo arrugado de tal forma que parezca que la sangre sale a raudales.

2 Se cose el pañuelo rojo por los dos extremos del cuello del camisón para sujetarlo.

3 Alrededor del cuello, en el camisón, se pinta el tejido con tinta roja o se embadurna de salsa de tomate.

4 La persona que vaya a hacer de decapitada se viste con el camisón, de manera que la cabeza quede oculta dentro. Previamente, con unas tijeras, se habrán hecho dos pequeños agujeros a la altura de los ojos para que el que va dentro del camisón pueda ver.

Sin darme cuenta, se me escapó un estornudo, aunque afortunadamente tuve tiempo de tapar al mismo tiempo mi boca y mi nariz para no hacer tanto ruido. Si Robert Allan me hubiera oído, sin duda me hubiera reconocido. Yo ya llevaba 3 días resfriado. Estaba algo mejor, pero el día anterior había estornudado setenta y ocho veces.

Tras guardar el camisón «ensangrentado» en el fondo del armario, Rosalie y yo salimos de la casa corriendo antes de que mi hermanastro nos descu-

briera y fuera tras nosotros. Habíamos recorrido media manzana cuando nos topamos de frente con la señora Grander. Rosalie me susurró que le mostrara el ojo, pero ya era demasiado tarde. No tuvimos tiempo de huir de ella. Además de ser más fea que una pesadilla, es la primera del barrio en enterarse de todo. Mucha gente la conoce como la Correveidile, por lo chismosa que es. Cuando comienza a hablar, nadie la detiene.

—¿No os habéis enterado? —nos gritó—. ¿Sabéis lo que le ha pasado a Mary Roget?

Mi hermana estiró de mi brazo para que nos fuéramos, pero yo me detuve al oír ese nombre. Mary Roget era una actriz y cantante de variedades muy famosa en Boston, de belleza espectacular. Todos los hombres suspiraban por ella.

La señora Grander, encantada al ver que yo mostraba interés, se acercó más a mí:

—La noticia ha salido en la portada del Boston News. El chico de los periódicos acaba de pasar por aquí.

Sin duda se refería a Charlie, un joven vendedor de periódicos. Gracias a mí había vendido su primer ejemplar y, desde entonces, nos habíamos hecho amigos.

—Dicen que ha desaparecido. Sin embargo, yo creo que Mary Roget está ya en el más allá.

Me dolió que la señora Grander sugiriera que la artista estaba muerta. Cómo le gustaba ponerse en lo peor. No soporté su pesimismo, así que hice lo que había dicho mi hermana. Saqué del bolsillo del pantalón mi arma secreta: el frasco de formol con el ojo humano.

—¡Es el ojo de un muerto! —le grité, acercándoselo a la cara.

—¡Sí, es el ojo de un muerto! —dijo mi hermana, que siempre repite lo que yo digo.

La señora Grander empezó a gritar histérica y huyó despavorida. Era la segunda vez que le mostraba mi amuleto y todavía berreaba más que la primera.

—¡Cómo puedes tener tan mal gusto! ¡Qué rarito eres! Quítalo de mi vista.

¡Nunca mejor dicho!

Riéndonos, Rosalie y yo continuamos en dirección a la Campana, un edificio abandonado donde los chicos del barrio nos reunimos, aunque antes fuimos al encuentro de Charlie, mi amigo vendedor de periódicos del *Boston News*. Quería comprobar si lo que había dicho la señora Grander era cierto.

Lo encontramos 228 pasos después, de camino al parque de las Bellas Artes. Le pedí que me mostrara el titular que hablaba de Mary Roget. Charlie sonrió.

—Lo siento por ella, pero gracias a la noticia de su desaparición, hoy he vendido un montón de periódicos.

Charlie estaba tan satisfecho que se podía permitir el lujo de regalarme un ejemplar, y así lo hizo.

—Todos los hombres de esta ciudad parecen estar muy afectados.

Tras darle las gracias, doblé el periódico por la mitad y lo guardé en la cartera donde llevaba el catálogo de sustos. Lo leería por la tarde, porque primero tenía que ir la Campana, donde pretendía vender algún susto.

—¡Hasta la vista! —le grité mientras me alejaba.

—¡Hasta la vista! —repitió mi hermana.

Cuando llegamos a la Campana, ocupé una de las habitaciones del primer piso. El edificio es propiedad del Ayuntamiento, pero los chicos del barrio podemos utilizarlo hasta que sea demolido. Es donde solemos reunirnos lejos de los mayores, cuando acaban las clases o los domingos. Yo he vendido ahí muchos de mis sustos, sobre todo a chicos de mi edad o más pequeños; pero pronto comprendí que ese día no iba a colocar ni uno. Mi hermana Rosalie, que me ayuda a buscar clientela, confirmó mi temor. Después de hablar con algunas chicas, me dijo que esa mañana ninguna quería mis servicios.

Opté por ojear el *Boston News* que me había regalado Charlie. Mis ojos se detuvieron embobados en el pequeño dibujo del rostro de Mary Roget que aparecía en la portada. Era bellísima: su cabello dorado como el trigo, sus ojos verdes…, y lo que más me fascinaba de ella, sus labios perfectamente perfilados. Fue entonces cuando me vino a la cabeza una idea para sacarme un dinero extra. Intuía que, como me había ocurrido a mí mismo, la desaparición de la actriz provocaría un gran interés sobre todo entre los chicos. Me situé junto a la escalera del edificio y a grito pelado informé de que Mary Roget había desaparecido y de que tenía un periódico que ampliaba esa noticia. Efectivamente, casi todos los chicos que estaban en ese momento en la Campana se acercaron a mí para saber más.

—Es como un ángel —proclamó uno con los ojos vidriosos.

—Mi padre fue a su espectáculo y dice que es la mujer más bella del mundo —dijo otro.

—Pues mi madre dice que no es tan guapa —le interrumpió un chico más menudo.

Desde hacía dos años, Mary era la protagonista del espectáculo de variedades del Teatro Principal, situado en el centro de Boston. En la fachada del local donde actuaba, habían pintado un mural con un gigantesco retrato suyo. Ahí, además, se anunciaban los días en que se podía asistir a su espectáculo. Muchos, entre los que me incluía, se acercaban al edificio simplemente para contem-

plar su retrato. La mayoría, además, solo podíamos verla en ese mural, porque, o bien no teníamos la edad para entrar, o bien carecíamos del dinero suficiente para ver el espectáculo. Se decía que a más de uno le había entrado una mosca en la boca por mirar su rostro en la fachada con un exceso de admiración.

Ese día, 10 chicos aceptaron pagarme por leer la noticia completa del periódico. Era una cantidad pequeña, pero multiplicada por 10 la hacía más que considerable. Lo que más me impresionó fue que Duane, el niño más alto y repulsivo de mi clase, pagó sin rechistar.

—Si ella se muere, yo no lo soportaría —murmuró.

Todos nos situamos en la sala donde yo vendía los sustos. Junto a la puerta donde estábamos nosotros, se encontraban todas las chicas, entre ellas Rosalie. Como era de esperar, nos estaban criticando, y también a Mary Roget. Murmuraban en voz alta, de tal forma que pudiéramos oír sus comentarios. Afirmaban que tenía una belleza vulgar, que se pintaba demasiado, que no sabía actuar, que era más bien tonta, e incluso que no sabía leer ni escribir. En fin, tonterías. Y nosotros, claro, les replicábamos diciéndoles que tenían envidia de su espectacular belleza.

Cuando comencé a leer el periódico, se produjo un silencio sepulcral.

¡MARY ROGET, DESAPARECIDA!

Mary Roget, de 25 años de edad, natural de Nueva York y residente en Boston, donde actúa como artista de variedades y estrella del Teatro Principal, se encuentra en paradero desconocido desde el día 28 de abril, hace cuatro días. La última vez que fue vista llevaba un vestido de color azul celeste y botines negros. Frank Burton, propietario del Teatro Principal donde Mary Roget actúa desde hace dos años, es quien ha denunciado los hechos, en calidad de representante y novio de la actriz, según ha comunicado él mismo a esta redacción.

Por desgracia, la ciudad de Boston ha sido testigo en los últimos años de varios asesinatos en serie. La Policía de Boston, que está llevando el caso de Mary Roget, no se muestra muy optimista. Hasta el momento, no hay ninguna pista. Incluso se ha llegado a sospechar que este hecho esté relacionado con la desaparición del niño Michael Bloom, del que no se tiene noticia alguna desde hace un mes. Se ruega la colaboración ciudadana.

Todos nos miramos con una gran preocupación, especialmente tras mencionar el nombre de Michael Bloom. Por tratarse de un niño, ese suceso nos impactaba mucho. Con solo 8 años de edad, había desaparecido y, a pesar de que toda la policía de la ciudad lo estaba buscando, apenas se tenían noticias. La rumorología decía que ya estaba muerto. Un par de testigos afirmaba haberlo visto en diferentes puntos de Boston, pero nadie había aportado ningún dato concluyente, a excepción de un hombre que, tras describir a Michael Bloom con mucho detalle, aseguró haberlo visto cerca del río Charles. Por ello, había quien decía que el niño había sido arrojado al río y que a esas alturas ya habría llegado al mar y habría sido devorado por los tiburones. Se había buscado y se seguía buscando su cuerpo en el río, pero por ahora no se había hallado.

Tras leer la noticia, dos pensamientos ocuparon mi cabeza: el primero, que Boston estaba convirtiéndose en una ciudad peligrosa para vivir, y el segundo, que una mujer tan bella como Mary Roget no merecía caer en manos de un desalmado.

A las cinco en punto de la tarde, mi hermana y yo regresamos a nuestras casas. Mientras atravesábamos el parque de las Bellas Artes, Rosalie me dijo que alguien nos seguía. Por insistencia suya nos detuvimos. Yo resoplé. Mi hermana tenía terror a ese parque y, cuando lo atravesábamos, siempre veía cosas extrañas entre las ramas. Miré a mi alrededor;

solo veía árboles, la mayoría abetos centenarios pero también todo tipo de arbustos. Rosalie me susurró que le había parecido ver algo moviéndose.

—Es el viento —intenté tranquilizarla.

Reemprendimos la marcha 20 pasos más, hasta que noté que Rosalie, de nuevo, se paraba en seco. Estaba muy alterada.

—He visto a un arbusto o a un árbol andando —afirmó muy convencida.

—¿Un árbol andando? —tuve que contener la risa—. Yo no veo nada y, menos, un árbol andando.

Pensé que mi hermana era una exagerada; donde había una mosca, ella veía una urraca. De repente, se puso a llorar. Me confesó que temía que el secuestrador de Michael Bloom o el de Mary Roget nos estuviera persiguiendo.

Caminamos 15 pasos más hasta que nos detuvimos de nuevo. Miré hacia atrás, pero esta vez sí, a mí también me pareció que, tras un árbol, había alguien o que algo se había movido. Noté como mi corazón se aceleraba. ¿Y si mi hermana tenía razón? ¿Y si era alguien que quería hacernos daño?

CAPÍTULO 2

BUSCANDO
AL ASESINO

De repente vi como de dentro del tronco de un árbol parecía asomarse alguien. Nunca había visto nada igual. Hasta que por fin nos dimos cuenta de que se trataba de Kevin, el joven agente de policía que trabajaba en la Jefatura central.

—Nos has dado un susto de muerte —sentencié.

—Sí, un susto de muerte —repitió mi hermana.

Tanto Rosalie como yo nos quedamos admirando la extraña vestimenta de Kevin: un traje rígido hecho con un armazón de alambres cubiertos de tela marrón imitando el color de un tronco de árbol y donde se habían pegado unas cuantas virutas de madera. Por la forma y el colorido, realmente parecía un árbol. Para darle mayor realismo, en la parte superior había colocado unas ramas auténticas con sus hojas.

—¿Pero qué haces así vestido? —tuve que hacer un esfuerzo sobrehumano para no reírme.

Kevin agachó la cabeza.

—Estoy disfrazado de árbol.

Mi hermana y yo nos miramos. Kevin parecía muy serio:

—El inspector Dupin me ha pedido que te busque. Quiere verte. Mi madre, que es costurera, me ha hecho este traje de camuflaje, porque el inspector me dijo que tratara de pasar desapercibido al contactar contigo.

Tras un silencio, mi hermana y yo no pudimos aguantar más y empezamos a reírnos a pierna suelta. No solo nosotros, también Kevin. Nos tronchamos. Yo sabía que si mi padrastro se enteraba de que colaboraba con la policía, me mataría, así que le había pedido a Dupin que fuera discreto si quería ponerse en contacto conmigo. ¡Pero de ahí a que Kevin se disfrazara de árbol! Aun así, tomé nota mental: tal vez me fuese útil para idear algún nuevo susto.

Tras acompañar a mi hermana a su casa, me dirigí a la sede central de la Jefatura de Policía, un viejo edificio de dos plantas, sobrio y algo deteriorado. Para llegar, tuve que atravesar otra vez el parque de las Bellas Artes y caminar 4 manzanas en dirección al puerto.

Para cuando llegué, Kevin ya estaba tras el mostrador del vestíbulo vestido de oficial de policía.

—Dupin acaba de bajar a los calabozos —me advirtió.

—No me importa tener que esperarlo —dije, porque su despacho es un lugar fascinante.

Ciertamente no me hubiese importado tirarme horas y horas en esa habitación, escrutando sus estanterías repletas de objetos y artilugios relacionados con la investigación policial. Me fijé en un aparador nuevo destinado a las armas más pequeñas del mundo capaces de asesinar. Algunas eran increíbles: una pluma de apariencia normal que, en realidad, lleva incorporada una cuchilla; una cuchara que oculta dentro del mango una afilada hoja que sale tras apretar un minúsculo botón, o el guante con estilete incorporado en el dedo meñique. Pero, sin duda alguna, el arma que más me fascinó aquel día fue una minipistola en forma de anillo, al parecer diseñada especialmente para las mujeres. En la parte superior se encuentra el tambor, con capacidad para 6 disparos. En un lateral, el gatillo se acciona apretando un botón. ¡Increíble!

Al girar mis ojos, vi el esqueleto de tamaño natural situado junto al ventanal. Había estado a punto de romperlo en varias ocasiones. Me prometí no acercarme para no propiciar ningún accidente. Si lo volvía a desmontar, me moriría de la vergüenza. Desgraciadamente, noté un cosquilleo en la nariz y a continuación estornudé tan estrepitosamente que hice caer la calavera al suelo. Mientras me inclinaba para recoger la cabeza, Auguste Dupin entró en el despacho. «¡Tierra, trágame!», pensé. Hasta noté como se me subían los colores. Me disculpé.

—No te preocupes, ya te lo he dicho en más de una ocasión: más muerto que ahora, ya no lo estará —me dijo, riéndose, con su habitual buen humor.

Su nombre, de origen francés, procede de su abuelo paterno, Jacques Dupin, parisino de nacimiento. Auguste Dupin ya ha cumplido 60 años, luce una barba blanca y tiene las cejas muy pobladas, lo que le da un aspecto de Santa Claus. Además, casi nunca se enfada y siempre parece tranquilo. Todo lo contrario que mi padrastro, un hombre irascible y nervioso.

Tras saludarme efusivamente, me invitó a sentarme y me preguntó si estaba enterado de la desaparición de Mary Roget. Yo le contesté que había leído la noticia en el *Boston News*.

—Pues no hay mucha información más. Hemos hablado con Frank Burton, el empresario, que por cierto vive en la pensión que regenta la madre de la vedete…

En ese punto hizo una pausa, y cuando Dupin se detenía, significaba que había una información clave.

—¿Cree que Frank Burton está implicado? —pregunté.

Dupin me dijo que en el interrogatorio les contó que se habían prometido y que parecía muy afectado.

—Ser el novio de una de las mujeres más hermosas del planeta no debe de ser fácil —concluyó.

El inspector me confesó que no tenía ni una sola pista y que por ello solicitaba mi ayuda, a ver si mi perspicacia descubría algo que a él se le estuviera pasando por alto. Planeaba ir al día siguiente a ver a Estelle Roget, madre de la joven y propietaria de la pensión La Comodidad, situada en Charles Street, donde estaba alojado Frank Burton. Me pidió que lo acompañase. Yo asentí ruborizado. Todavía no me había acostumbrado a que alguien tan importante como Dupin me pidiera ayuda.

—He pensado que mientras esté interrogando a la anciana, tú podrías excusarte para ir al baño y así aprovechar para dar un vistazo por la casa —me pidió el inspector.

—¿Cree que esta desaparición tiene algo que ver con la del pequeño Michael Bloom? —le pregunté.

Auguste Dupin frunció el ceño.

—Espero que no…

Para poder acompañar al inspector al día siguiente, tuve que inventarme que estaba haciendo un trabajo de la escuela. La pensión La Comodidad contaba con 6 habitaciones, todas ocupadas por varones: 3 comerciantes, 1 constructor y 2 empresarios; Frank Burton era uno de ellos.

—Está trabajando en el teatro. Deberá devolver el dinero de las entradas del espectáculo —nos dijo Estelle Roget cuando le preguntamos por él.

Tuvimos suerte de que ningún huésped se encontrara en la pensión. La dueña comentó que solo acudían a cenar y dormir, pues todos eran hombres de negocios, muy formales y muy ocupados.

—Eso facilitará nuestra labor de investigación —me susurró el inspector.

Al ser la primera vez que pisaba ese lugar, tuve que hacer un círculo con mis pasos a la entrada. Dupin no conocía aún esa manía mía y me preguntó por qué lo hacía.

—No puedo evitarlo —admití rojo como un tomate.

Al ver que el inspector tenía sus ojos clavados en los míos, me tuve que justificar.

—Es una superstición.

Estelle Roget era una mujer todavía atractiva, a pesar de su avanzada edad. Las arrugas habían invadido su cara, pero guardaba un cierto parecido con la hija. Tenía el pelo blanco recogido en un moño. Sus ojos verdes eran muy expresivos y estaban llorosos. Desprendía, además, un fuerte olor a un perfume con aroma a canela. En mi opinión, muy desagradable, por cierto.

—¿Hace cuánto tiempo que su hija y Frank Burton están comprometidos? —dejó caer Dupin.

Estelle Roget hablaba con la voz entrecortada:

—Hace muy poco… Frank está muy enamorado de mi hija.

Observé que entre los dientes de la anciana se había colado algún alimento verde. Tenía algo de ese color encima de uno de los incisivos. Sonreí recordando a una tía de mi padrastro que debía de tener unos noventa años. Siempre se le colaba la comida entre los dientes y yo no podía evitar reírme.

Cuando Dupin me guiñó el ojo, entendí que debía levantarme.

—Señora, ¿me podría decir dónde está el aseo? — le pregunté.

Estelle Roget me indicó el fondo del pasillo de la primera planta. Me levanté y salí de la sala. Debía buscar alguna pista en la habitación de Frank Burton. Al pasar por la cocina vi un enorme cuenco repleto de pequeños pimientos verdes; mi madrastra también los utilizaba para cocinar, pero nunca me los dejaba comer porque decía que eran demasiado fuertes para mí. Recordé la boca de la anciana y deduje que el rastro de alimento sería de uno de esos pimientos.

El cuarto de Frank Burton también se encontraba en la primera planta de la pensión, al nivel de la calle. No me resultó difícil saber cuál era. Colgado en la pared había un cuadro con un retrato pintado al óleo de Mary Roget. Hurgué en la mesita de noche, pero no vi nada sospechoso. A continuación, me dirigí a la cómoda. En los cajones de arriba solo había ropa de hombre. Con la palma de la mano, iba palpando entre las prendas para ver si encontraba algo más. Al llegar al penúltimo cajón, descubrí algo. Alargué más mi brazo y toqué un objeto frío. Lo saqué. Al entender lo que era, noté como mi pulso se aceleraba. Se trataba de una daga con empuñadura de marfil. En la hoja tenía grabada una inquietante inscripción: «Pagarás con sangre». ¿Por qué estaba ahí escondida?

Todavía desconcertado por mi descubrimiento, volví a dejar la daga en su sitio y regresé a la sala donde Dupin continuaba charlando con la anciana. Estaba impaciente por comentarle lo que había visto. El inspector continuaba preguntándole por Frank Burton y la mujer lloraba.

—¿Y cómo es la relación entre el empresario y su hija?

—El señor Burton es un buen hombre, pero, la verdad, no podría decirle si discuten a menudo. Se llevan bien, pero, en todo caso, mejor que le pregunte a Frank.

Estuvimos en la pensión poco más de una hora y, según Dupin, Estelle Roget no dijo nada relevante. Muchas de sus respuestas acababan diciendo: «en todo caso, mejor que le pregunte a Frank». Confirmó que Mary tenía muchos admiradores que le enviaban cartas y flores, pero no sospechaba de nadie que pudiera haberla secuestrado.

Por mi parte, en cuanto atravesamos la puerta de la calle, por fin pude compartir con el inspector mi descubrimiento.

—… ¡Quizá sea la daga con la que Frank Burton ha asesinado a Mary Roget! —concluí excitado.

Para mi sorpresa, Dupin no se alteró. Buscó su pipa de caoba en el bolsillo de su gabardina.

—Te estás precipitando. Que alguien tenga un arma no significa que sea culpable – sentenció con una tranquilidad pasmosa.

El inspector se quedó en silencio unos segundos para que yo reflexionara. Mientras tanto, sacó una caja de fósforos.

—¿Has examinado el filo de esa daga? ¿Había algún indicio de que la hubieran utilizado? ¿Viste alguna mancha, aunque fuera pequeña?

Yo negué con la cabeza.

—¿La has tocado con tus dedos? Si es así, puedes haber borrado alguna prueba importante.

Esta vez asentí. Sin dame cuenta, la había agarrado sin ningún cuidado. Observé, algo decepcionado, cómo Dupin encendía su pipa. Una vez más, tenía razón. Me quedaba mucho por aprender.

Al llegar a mi casa, encontré a mi madrastra en la cocina preparando un guiso de carne encebollada para la cena. Al acercarme más a ella, me di cuenta de que estaba llorando. No me extrañó, porque es propensa a la tristeza y llora por cualquier motivo, sobre todo cuando mi padrastro bebe en exceso. No obstante, le pregunté si le había sucedido algo malo.

—No lloro de pena. Hoy no estoy triste —reconoció—. Es culpa de la cebolla que estaba cortando.

La escuché pensativo.

—¿Los alimentos te pueden hacen llorar? —le pregunté.

Ella asintió con la cabeza

—Sí, y no solo la cebolla.

Recordé la gran cantidad de pimientos verdes que había en la pensión de Estelle Roget y la mancha verde en sus dientes, prueba de que había estado comiéndolos.

—¿Los pimientos verdes también pueden hacerte llorar?

De nuevo asintió.

—Sí, si son de los picantes. Cuanto más picantes, más te hacen llorar.

De golpe, se me despertó una inquietud. ¿Y si esa era la razón de que la madre de Mary Roget llorara? ¿Y si nos había estado engañando y sus lágrimas eran fingidas? La pregunta entonces era: ¿por qué?

Tras la cena, cuando estaba en mi habitación dando avellanas a Neverland (¡le encantan los frutos secos!), tuve una visita: Robert Allan, mi hermanastro. Me agarró por el cuello y juró venganza por lo ocurrido el día anterior. Sospechaba que yo estaba detrás de la visión de la mujer sin cabeza, pero no tenía ninguna prueba contra mí. Le juré una y otra vez que yo no tenía nada que ver con lo que me había contado. Cuando estaba a punto de golpearme, su madre entró en mi habitación y pidió a su hijo que se fuera a su cuarto. Me salvó de Robert Allan, al menos, hasta el día siguiente.

Me levanté temprano por la mañana y pasé por la Jefatura de Policía antes de ir a clase. Estaba impaciente por comunicarle a Dupin mis sospechas de que Estelle Roget había comido pimientos verdes y que, por tanto, sus lágrimas podían ser fingidas. Si la anciana no estaba tan preocupada por la desaparición de su hija como nos había hecho creer, significaba que, además de mentirnos, nos estaba ocultando algo.

Kevin me saludó con una sonrisa y, antes de que yo hablara, me soltó:

—¡El caso de Mary Roget ya ha sido resuelto! Han venido a buscar a Dupin para decírselo.

Yo me quedé inmóvil como una piedra.

—¿Decirle qué? ¿Qué significa que el caso está resuelto?

CAPÍTULO 3

SEGUNDAS PARTES NUNCA FUERON BUENAS

La noticia que Kevin me acababa de dar me resultó tan grata como inesperada.

—¡Marie Roget ha aparecido sana y salva! —proclamó.

Tardé más de 12 segundos en reaccionar. Kevin tomó una de las manzanas del enorme cesto que estaba sobre el mostrador y le dio un mordisco. Después me contó que la vedete había regresado a su casa sin dar ningún tipo de explicación.

—¿Pero, entonces, no le han hecho nada? —pregunté todavía atónito.

Me costaba dar crédito a la noticia. El joven agente insistió en que se encontraba en buen estado y sin signos de haber sido agredida.

—Dupin ha ido a la pensión La Comodidad a comprobar con sus propios ojos cómo se encuentra Mary Roget. Cuando regrese, podrá contarnos todos los detalles.

Decidí hacer novillos y esperarle para conocer los pormenores de lo sucedido. Para dejar pasar el tiempo, me dediqué a hacer una inmensa pirámide con todas las manzanas del cesto que estaba sobre el mostrador, alineándolas unas encima de otras. ¡Kevin se quedó maravillado al verla!

El inspector llegó media hora después, acompañado de Frank Burton y de Mary Roget. En cuanto la vi, pensé que todavía era más bella de lo que me había imaginado, aunque su expresión reflejaba cierta tristeza. A todos los que ahí estaban les debió de pasar lo mismo que a mí. Kevin también estaba impresionado. Su piel parecía de seda, su rostro blanco, sus labios perfectamente perfilados y sus ojos verdes… El inspector pasó a mi lado, se detuvo y tuve la suerte de que me presentara a la actriz.

—Este es Edgar Allan Poe, un chico de extraordinaria capacidad deductiva.

Mary Roget se acercó a mí y me besó en la mejilla izquierda con una exquisita educación. Ese beso duró pocos segundos, pero para mí fueron maravillosos. Yo estaba tan aturdido al sentir de cerca su extraordinario atractivo que ni siquiera sé cómo me atreví a pedirle un autógrafo.

El inspector le dio una hoja de papel y una pluma con la que la vedete escribió: «Con todo mi cariño, Mary Roget». Me la entregó al tiempo que me dedicaba una tierna sonrisa.

El empresario Frank Burton tomó a la vedete de la mano y la pareja se dirigió al despacho de Dupin. Todavía estaba allí pasmado cuando llegó Jeff Burton y se les unió.

Según me contó Kevin, el hermano era un año menor que Frank, que tenía cerca de cuarenta años, y era abogado. Los hermanos guardaban un cierto parecido: morenos de piel, de pelo castaño claro, muy bien vestidos, ambos con bigote y barba corta.

Como el inspector no me había invitado a entrar con ellos, me quedé esperando. Me acerqué a uno de los ventanales del pasillo y, para distraerme, esta vez me dediqué a echar vaho al cristal hasta que conseguí que quedara todo empañado. Entonces, empecé a dibujar líneas paralelas. En total dibujé 24 líneas, hasta que llegó un niño de unos siete años que, como yo, debía de aguardar a alguien y quiso ayudarme. Con su dedito trazó una línea junto a la última que yo había dibujado, tan inclinada que se tocó con la mía. ¡Le solté tal chillido que el crío se echó a llorar!

—Siento haberte chillado, pero no soporto que las líneas se toquen... —me disculpé.

Cuando la vedete y su prometido, acompañados de su abogado, salieron, Mary Roget ni siquiera se fijó en mí; se fueron a toda prisa.

Dupin por fin me invitó a entrar a su despacho y, mientras encendía su pipa de caoba, me contó que la artista se había mostrado muy parca en palabras y, sobre todo, misteriosa.

—Solo contestaba con monosílabos o encogiéndose de hombros. Según ella, está segura de que no ha sufrido daño alguno, pero afirma no recordar qué le ha ocurrido ni dónde ha estado estos días —el inspector dio una calada a su pipa—. Como si padeciera amnesia… Eso sí, se han negado a poner ninguna denuncia, así que la investigación está cerrada.

Al parecer, el abogado Jeff Burton protestaba a cada pregunta que le hacía Dupin e intervenía constantemente para pedirle que no fuera tan incisivo ni agresivo con Mary Roget.

—¿Y no se le puede obligar a que declare dentro de unos días, cuando esté más calmada? —le pregunté.

El inspector negó con la cabeza.

—La denuncia de su desaparición la hizo el empresario Frank Burton, y la ha retirado. Él tampoco muestra ningún interés en remover el caso. Y el hermano es uno de los abogados más prestigiosos de Boston.

Me fui de la Jefatura pensando que no recibiría ninguna recompensa económica, porque el caso de Mary Roget se había resuelto solo. Por ello, ni siquiera le comenté mi descubrimiento de que la ma-

dre de la artista había fingido sus lágrimas. Ya no tenía ningún sentido hacerlo. Me consolé pensando que, al menos, Mary Roget estaba viva y no había sufrido daños. Además, la había conocido personalmente y tenía un autógrafo suyo. Por un instante, pensé en la gran cantidad de dinero que podría pedir por esa firma, pero finalmente decidí que ese tesoro sería solo para mí. Antes muerto que venderlo.

Por la noche, antes de irme a dormir, escruté el autógrafo de la vedete y recordé su belleza. Sin quererlo, me hizo pensar en mi difunta madre. Ella era tan hermosa o incluso más que Mary Roget. Busqué la pequeña medalla de porcelana que guardaba en mi mesilla. Era lo único que conservaba de mi madre: un precioso retrato dibujado sobre una porcelana ovalada no más grande que una moneda. Acaricié su dulce rostro con la yema de mi dedo corazón haciendo 7 círculos sobre el esmalte de la porcelana. A continuación, cerré los ojos. ¡Mi madre me estaba dando un beso de buenas noches!

Dos días después supe por Charlie, el vendedor de periódicos, que en el *Boston News* se había publicado un artículo en el que se criticaba a Mary Roget por no haber dado la más mínima explicación a su legión de admiradores por su desaparición. El diario afirmaba haber recibido muchas cartas de fans desencantados porque la cantante se había negado a contar nada de lo sucedido.

Al poco tiempo de la misteriosa desaparición de Mary Roget, en el *Boston News* apareció publicado un escueto comunicado del Teatro Principal, donde actuaba la vedete.

Decía lo siguiente:

El Teatro Principal de Boston comunica a todos sus clientes y amigos que la señorita Mary Roget ha cancelado su contrato y no retomará sus actuaciones. Por motivos personales, abandona el espectáculo que estaba representando. En breve les informaremos de la nueva vedete que la sustituirá.

Frank Burton
Director y propietario

Ese comunicado despertó todo tipo de rumores. Muchos decían que, por sus constantes flirteos, Frank Burton había obligado a la artista a dejar su profesión. Había quien afirmaba que Mary Roget había tenido una aventura con un importante político. Otros decían que se había enamorado de un oficial de la Marina, y había quien creía que se trataba de un comerciante hindú. Por el contrario, también se aseguraba que el empresario teatral y la vedete ya habían fijado fecha para contraer matrimonio. Y había quien defendía la teoría de que era necesaria su presencia en la pensión para cuidar y atender a su madre, delicada de salud; Estelle Roget, que había cumplido 60 años, ya era demasiado mayor para dirigir la casa de huéspedes.

Lo más triste para mí y para la mitad de la población de Boston fue que quitaron su retrato de la fachada del Teatro Principal. Frank Burton contrató a una vedete francesa venida de París, que por cierto no le llegaba ni a la suela de los zapatos.

Una gran cantidad de seguidores fuimos testigos de cómo desmontaban el inmenso cartel con el rostro de Mary Roget de la fachada del teatro. Estaba pintada al óleo sobre pedazos de tela cosidos entre sí. Alguien tuvo la brillante idea de vender las diferentes partes del mural. Lo cortaron en trozos más o menos cuadrados y montaron una especie de mercadillo donde podían adquirirse. Había quien se quedaba con un trozo del pelo, de la frente, o con la nariz. Los más afortunados se quedaron uno de sus ojos o con su boca...

A mí me hubiera encantado quedarme con los labios, pero no solo a mí; fue el trozo de mural con más pretendientes. Se comentó que quien lo compró pagó una pequeña fortuna por adquirirlo, aunque no supimos quién era. En otro puesto del mercadillo, un pintor también hizo un gran negocio vendiendo retratos de Mary Roget de todos los tamaños; algunos al óleo y otros hechos a carboncillo.

Los que, como yo, no teníamos dinero solo pudimos quedarnos con las sobras: trozos del mural que nadie quería porque apenas se veía nada. Yo, por ejemplo, encontré un pedazo donde al menos podía verse parte de la mano: un inmenso dedo índice. Lo escondí en mi habitación porque, si lo descubría mi hermanastro Robert Allan, seguro que se lo quedaba para él.

No volví a saber de Mary Roget hasta un mes después. De nuevo, fue gracias a Charlie, el vendedor de diarios del *Boston News*.

—¡Mary Roget vuelve a desaparecer misteriosamente! —voceaba a la puerta de mi escuela.

Me acerqué a saludarlo.

—Imaginé que a ti te interesaría. Los editores no le han dado demasiada importancia a la desaparición. Después de lo que sucedió la primera vez, cuando regresó a su hogar sin dar ninguna explicación, Mary Roget ya no interesa como antaño. La gente está desencantada con ella —opinó Charlie mientras me alargaba un diario—. Hoy no estoy vendiendo muchos ejemplares.

En efecto, tuve que buscar la noticia, que no estaba publicada ni en la portada ni en las primeras páginas.

—Sé de buena tinta que el periódico teme que la vedete aparezca pronto, como pasó la primera vez, y todo quede en nada.

Mientras mi amigo continuaba su ronda, yo leí la noticia.

25 de mayo de 1820. La que fue estrella del Teatro Principal, requerida por todos los galanes de la ciudad de Boston, Mary Roget, ha vuelto a desaparecer. Al parecer, salió el sábado de su casa con la intención de visitar a una amiga en Beacon Hill. Así le informó a su madre, Estelle Roget, quien se quedó atendiendo a los huéspedes de la pensión de su propiedad, La Comodidad. También le dijo que Frank Burton, quien se aloja en dicha pensión, iría a buscarla y que volverían juntos. Sin embargo, la artista nunca llegó a su destino, según ha contrastado este periódico, y Estelle Roget ha puesto una denuncia por la desaparición de su hija.

Me quedé pensativo tras leer esa noticia. No sé por qué, me chocó que la denuncia la hubiera puesto la madre, Estelle Roget. ¿Por qué no había sido Frank Burton, siendo su prometido, como la primera vez que desapareció?

—Segundas partes nunca fueron buenas —masculé.

La pensión La Comodidad no estaba lejos, así que decidí ir a echar un vistazo. Me detuve frente al edificio, pensando en lo que podía haber pasado ahí dentro. ¿Intentaría escapar de algo Mary Roget? ¿Era una huida voluntaria o estaba retenida contra su voluntad?

No llevaba ni 3 minutos cuando vi a Estelle Roget y a Frank Burton saliendo de la pensión. Por suerte, no me vieron. Me parapeté tras un carro y desde ahí fui testigo de cómo discutían acaloradamente. El empresario teatral movía mucho los brazos al tiempo que negaba con la cabeza. Me pareció que mostraba una actitud agresiva. Finalmente se alejó, pero sin duda estaba contrariado, porque propinó una patada contra una farola.

Instantes después la anciana rompió a llorar. Y esta vez sus lágrimas eran de verdad. Iba a acercarme para consolarla cuando vi que una vecina se me adelantaba, y ambas se alejaron.

Aprovechando la oportunidad, decidí entrar a investigar en la pensión. Estaba convencido de que estaría vacía y, con un poco de suerte, encontraría alguna pista.

Salté la valla que rodeaba el edificio. La habitación de Frank Burton se encontraba a pie de calle, pero la ventana estaba cerrada. Tras comprobar que nadie me estaba viendo, localicé otra ventana abierta por donde saltar. Supe que aquella habitación pertenecía a Estelle Roget porque desprendía un fuerte olor a canela. Salí a toda prisa para no intoxicarme y, sigilosamente, me metí en el cuarto de Frank Burton.

En primer lugar, me fijé en el retrato al óleo de la vedete. Había sido descolgado de la pared y la tela rasgada con un cuchillo. Estaba tirado por el suelo. ¡Una nueva muestra de que Burton era un hombre violento!

Busqué en los cajones de la cómoda la daga que había visto la otra vez. ¿Y si la había utilizado para matar a Mary Roget? Me la llevaría con cuidado para analizar si había algún resto de sangre. Sin embargo, para mi sorpresa, no estaba…

Ojeé el resto de la habitación y en la papelera encontré un papel arrugado. Lo alisé. Era una carta dirigida a Mary Roget.

> Mi querida Mary:
>
> Te amo más que a nada en este mundo y te pido que perdones mi pasión, pero, a veces, no te comprendo. Te he dado todo lo que tengo, te ofrezco todo mi amor. ¿Por qué me tratas tan mal? ¿Por qué me haces sufrir tanto?
>
> Ya no puedo vivir sin ti.
>
> Te juro que si te has ido con otro hombre, soy capaz de matarte...

¡Me quedé con la boca abierta tras leer la última frase! «Soy capaz de matarte»… Me disponía a salir de la habitación con aquella prueba en la mano cuando oí que alguien se acercaba por el pasillo. No tenía tiempo de escaparme por la ventana, así que decidí esconderme debajo de la cama. Me di cuenta de que mi bota sobresalía y la desplacé unos centímetros. Al hacerlo, sin darme cuenta, golpeé una pata de hierro que produjo un ruido metálico. Pude ver como los pies del empresario entraban en su habitación y caminaban por la estancia. Sin duda, ha-

bía oído algo. Fue entonces cuando noté un objeto frío que rozaba mi espalda. Al girar mi cabeza vi que se trataba de una pistola. ¡Tragué saliva! ¿Qué hacía escondida esa arma debajo de la cama?

En ese preciso instante, sentí unos deseos enormes de estornudar. Mi dichoso catarro no estaba curado del todo. Me tapé la nariz y sentí un cierto alivio. Pero solo duró unos instantes. El picor en mis fosas nasales era insoportable. Abrí la boca y, con todas mis fuerzas, intenté contenerme. ¿Por cuánto tiempo? Frank Burton me iba a pillar in fraganti. Seguro que no le iba a gustar verme ahí abajo. Además, por lo que había visto antes, no estaba de muy buen humor. ¿Y si era un asesino? Me tapé la boca y la nariz para amortiguar el ruido del estornudo. Pero ya no me podía contener más tiempo.

Ese estornudo me iba a delatar…

CAPÍTULO 4

BUSCANDO
A MARY ROGET

fortunadamente, en ese preciso momento, se oyó la puerta principal y sonó un timbre que amortiguó el estrépito que salió de mi nariz. Frank Burton salió de la habitación y por fin pude volver a estornudar aliviado. ¡Estornudé tres veces seguidas!

Desde el suelo, oí como el empresario hablaba con alguien. Debía de tratarse de otro huésped.

—Hola. Buscaba a la señora Roget para decirle que hoy comeré en la pensión. Tengo una reunión aquí cerca…

No me quedé a escuchar más. Abrí la ventana y aproveché para saltar a la calle. Me alejé a toda prisa. Con todo lo que había visto, ahora sí que tenía la certeza de que Frank Burton estaba implicado en la desaparición de Mary Roget. Decidí ir directamente a la Jefatura de Policía. Estaba convencido de que la vida de Mary Roget corría peligro y de que yo podía hacer algo por ella. Además, quería contarle al inspector que, en mi opinión, en la primera desaparición, la madre de la artista sabía que su hija regresaría sana y salva, y de ahí sus lágrimas falsas. En cambio, ahora parecía realmente preocupada. ¿Por qué?

Cuando llegué, Kevin me informó de que, como siempre, Dupin estaba ocupado. Mientras esperaba a que el inspector me recibiera, decidí escribir una lista de por qué yo consideraba que Frank Burton era sospechoso. Me serviría para exponer mejor mis argumentos.

FRANK BURTON: PRESUNTO CULPABLE DE LA DESAPARICIÓN DE MARY ROGET

1) La pistola en su habitación y la daga desaparecida

2) El retrato al óleo de Mary Roget rasgado

3) La carta arrugada dirigida a Mary, que dice: «... Si te has ido con otro hombre, soy capaz de matarte...».

4) No haber denunciado esta nueva desaparición de su prometida

5) Discusión con Estelle Roget hasta hacerla llorar

Cuando Dupin me recibió por fin, compartió conmigo el informe que había redactado.

SOBRE LA DESAPARICIÓN DE MARY ROGET

El sábado día 22 de mayo, sobre las nueve de la mañana, Mary Roget, antigua vedete del Teatro Principal, reconocida en toda la ciudad por su extraordinaria belleza, salió de su casa después de haber dicho a su madre que se iba a visitar a una amiga, que vive en Beacon Hill. Mary, de 25 años, reside en La Comodidad con su madre viuda, propietaria de dicha casa de huéspedes situada en la calle Charles de Boston. El empresario que la contrató, y actual prometido de la joven, Frank Burton, se aloja en la misma pensión. El señor Burton declara que tenía previsto ir a recogerla al anochecer. Al final de la tarde, sin embargo, una aparatosa tormenta inundó las calles de Boston, haciendo imposible que fuese a buscar a Mary. El empresario supuso que su novia se quedaría en casa de su amiga hasta que mejorase el tiempo. Al día siguiente, en vista de que no regresaba, Frank Burton fue a casa de la amiga y descubrió que no había estado allí. La información ha sido ratificada por un agente. La señora Roget dio parte a la policía el lunes, tras cuarenta y ocho horas sin noticias de su hija. Los efectivos de la policía han registrado concienzudamente el trayecto entre Beacon Hill y Charles Street sin hallar pista alguna.

Tras mi lectura, intenté convencer al inspector para que llamara a declarar a Frank Burton. Este me dijo que ya lo había interrogado y que no había encontrado ningún indicio que pudiera incriminarlo.

Entonces le confesé que me había colado en la pensión La Comodidad en busca de pistas.

—¿Sabes que eso que has hecho no es legal? —me dijo con el rostro circunspecto—. Podrían denunciarte y tendría que aplicarte un castigo.

Yo bajé mi mirada avergonzado, temiendo que me regañara. En el fondo, sabía que tenía razón. Todo mi esfuerzo no había servido de nada.

—Ahora ya está hecho —carraspeó para llamar mi atención.

Una vez más, Dupin me acababa de sorprender. Me escrutó con una pequeña sonrisa que me hizo sentir mejor:

—Ya que te has puesto en peligro entrando en la pensión, dime qué has descubierto.

Tras contarle con todo detalle cómo había transcurrido mi visita a la casa de huéspedes, le mostré la lista de por qué yo creía que Frank Burton podía ser responsable de esta segunda desaparición de Mary Roget.

El inspector leyó mi lista y tardó 14 segundos en rebatir todos los puntos:

1) «Todos los militares, una vez regresan a la vida civil, tienen permiso de armas y él ha servido en el Ejército, así que eso justificaría la presencia de

la pistola. Y puede perfectamente haber cambiado de sitio la daga».

2 y 3) «Es lógico tener miedo de que una mujer tan bella como Mary Roget pueda haberse ido con otro hombre. El retrato rasgado pudo ser fruto de un ataque de celos. La carta podía haberla escrito por el mismo motivo. Eso evidencia que Frank Burton es un hombre celoso, pero no prueba ningún crimen».

4) «Tras ser preguntado al respecto, Frank Burton afirmó que se encontró indispuesto y pidió a la madre de su prometida que denunciara su desaparición. Estelle Roget así lo ha confirmado».

5) «Es normal que la madre esté preocupada y llorosa; y que el novio esté nervioso. Los nervios hacen irritables a las personas».

Regresé a mi casa cabizbajo. Yo estaba convencido de que Frank Burton tenía algo que ver con la desaparición de la vedete, pero Dupin me había demostrado que no tenía pruebas concluyentes. Ser investigador era mucho más difícil de lo que yo imaginaba. También recordé lo que me había dicho antes de salir de su despacho:

—Esperemos que la señorita Mary Roget regrese a su casa sana y salva, como la primera vez.

Dos semanas después, el Saint James, donde estudio, organizó una salida escolar para los alumnos de mi curso. Barbara Lance, la profesora de Gramática, y Joseph Puk, el profesor de Arte, fueron los encargados de acompañarnos. Íbamos a pasar el día en el parque situado junto al río Charles. Mientras paseábamos por la ribera a la altura del Puente Nuevo, Barbara Lance, la profesora más cursi del mundo, nos obligaba a repetir cantando las diferentes variedades de árboles y arbustos que poblaban el parque.

—Hayas, cipreses y abedules —canturreaba.

—Hayas, cipreses y abedules —repetíamos nosotros.

Barbara Lance decía que era una forma muy divertida de aprender vocabulario. Yo no la soportaba. Decidí cambiar la letra de su canción.

—Castaños, abetos y sauces —canturreó la profesora.

—Cursi, cursi y requetecursi —dije yo también cantando.

Mis compañeros se rieron y yo fui amenazado con un castigo.

Durante la caminata, lo único interesante que pudimos ver fueron 2 barcas de la policía recorriendo la zona. Continuaba la búsqueda de Michael Bloom, cuyo cadáver podía estar bajo las aguas.

Tras el paseo, nos sentamos en una explanada para hacer un dibujo. Todos habíamos llevado una libreta y un lápiz. Joseph Puk nos pidió que retratáramos el paisaje o algún elemento del paisaje que veíamos desde donde estábamos. Alguien preguntó de cuánto tiempo disponíamos para hacer el dibujo. Joseph Puk nos dijo que teníamos una hora o poco más; hasta el almuerzo. Yo necesité 1 minuto para hacer mi dibujo. Era más o menos así:

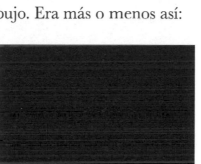

Levanté la mano para decir al profesor que ya estaba. Joseph Puk se acercó a mí y me escrutó con cara de muy pocos amigos. No era la primera vez que hacía un dibujo así.

—¿Otra vez lo dibujas todo negro? Aquí no se ve nada.

Yo protesté.

—Es mi estilo de dibujo. El negro es como cuando cierro los ojos: entonces puedo imaginarme lo que quiero.

No me pasaron desapercibidas las risas de mis compañeros. Le mostré las diferentes partes del dibujo.

—¿Es que no lo ve, profesor? Aquí está el río —iba señalando con mi dedo—. Aquí está la barca, aquí los árboles…

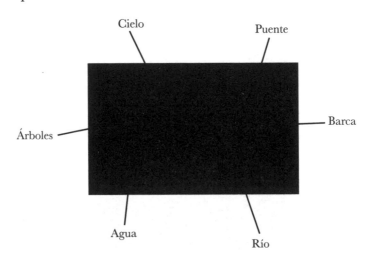

Cielo
Puente
Barca
Árboles
Agua
Río

Mis compañeros se tronchaban. El profesor Puk continuaba sin ver nada y al final me dijo que estaba castigado.

—Levántate y te quedas ahí lejos esperándonos.

Me incorporé encantado. Ya estaba harto de dibujar. Me dirigí a la orilla; mis ojos se quedaron contemplando las barcas que inspeccionaban el caudal en busca del cuerpo de Michael Bloom. De repente, vi que 2 policías de la primera embarcación miraban a su izquierda, excitados; gesticulaban exageradamente. Uno de ellos berreó a otros dos agentes que estaban en la orilla.

—¡Hemos encontrado algo!

Me acerqué más al río. En efecto, a lo lejos algo flotaba en la superficie. Al igual que yo, otros viandantes que paseaban por la zona se acercaron a la orilla. Parecía un cuerpo, un cuerpo humano. Todos estábamos conmocionados.

—Es un cuerpo. Debe de ser Michael Bloom —gritó uno de los curiosos.

La barca se acercó al bulto y, lentamente, con el remo, fueron empujándolo hacia la orilla donde se encontraban otros policías.

Cada vez más gente se agolpaba en el lugar. Entre los curiosos, mi compañeros de clase y los dos profesores. El nombre de Michael Bloom corrió como la pólvora. La emoción se apoderó del momento. Todo Boston había oído hablar de él.

Y por fin lo sacaron del agua. Lo dejaron sobre el fango. Era un cuerpo, pero una capa de algas y suciedad cubría todo su torso y también su cara. No se distinguían las facciones.

Me acerqué tanto a los agentes que pude oír cómo uno le decía a otro que, si se trataba de Michael Bloom, no había muerto hasta hacía poco, pues el cuerpo hubiese estado más descompuesto. Instantes después, un tercer policía, ansioso por confirmar si se trataba del niño desaparecido hacía meses, apartó parte del limo que cubría su cuerpo.

—No es un niño… ¡Se trata de una mujer!

Se produjo un murmullo general. La sorpresa era monumental. Si aquello era cierto, significaba que continuaba el misterio en torno a Michael Bloom. Pero, entonces, ¿de quién se trataba?

El policía apartó con esmero la suciedad del rostro y de su cabello. Ahora ya no había dudas. Podía verse su generosa melena rubia. Y no era una mujer cualquiera.

Noté como mi corazón se paralizaba. Acababa de reconocerla. A pesar de la suciedad, distinguí su nariz y sus labios perfilados. Eran inconfundibles. Tenía el rostro repleto de moratones y arañazos.

Cerré los ojos impresionado. Sentí como una lágrima me resbalaba por la cara.

Aquella mujer que acababan de sacar del río era Mary Roget.

CAPÍTULO 5

EL MISTERIO
DEL CADÁVER

Solo pude ver a Mary Roget durante unos segundos, pero fue suficiente para quedarme profundamente impresionado. Ni siquiera llegué a contarlos. Estaba claro que había sido brutalmente asesinada. Parte de su vestido estaba atado en torno a su cintura, como un cinturón. Su traje estaba hecho jirones. Los brazos, doblados contra el pecho. Quise fijarme en todos los detalles para después describírselos a Dupin. Cuando la incorporaban, noté algo raro en su mano izquierda, pero justo en ese momento cubrieron el cuerpo con una sábana.

Sin embargo, ya no podía quitarme de la cabeza su imagen. Al igual que yo, todos mis compañeros y los profesores se mostraban sobrecogidos. Se oían gemidos de algunos niños y de los no tan niños. Incluso Duane, el gigante de la clase, parecía haber enmudecido. Creo que, como muchos de nosotros, estaba enamorado de ella. La profesora Barbara Lance se sintió mareada y estuvo a punto de desmayarse. Suerte que el profesor Joseph Puk la sujetó a tiempo para que no se cayera.

Nuestros tutores decidieron dar por zanjada la excursión. Regresamos a la escuela en silencio; algunos, como Duane o yo, con los ojos vidriosos. Tardaríamos en recuperarnos de lo que habíamos visto. Hasta los profesores parecían mansos corderos. No eran capaces de articular palabra. Al llegar al centro, nos dijeron que ya podíamos regresar a nuestras casas.

Aprovechando que era temprano, me dirigí directamente a la policía para informarme. Por supuesto, Kevin ya conocía la noticia del asesinato de la vedete.

—Han avisado a Dupin de inmediato. Ya se está encargando del caso.

Cuando llevaba ahí unos veinte minutos, el inspector entró en el vestíbulo con el semblante muy serio. Me hizo una señal y nos dirigimos a su despacho. Le dije que había presenciado cómo sacaban el cuerpo del río y le conté con detalle todo lo que había visto. Dupin me agradeció mi esfuerzo, pero me di cuenta de que no le había dicho nada que no supiera.

—Hemos hecho un primer análisis sobre el terreno antes del levantamiento del cadáver y tengo el informe —me entregó el documento redactado por la policía.

Decía lo siguiente:

A las 12:30 horas del día 15 de junio de 1820 ha sido recuperado el cuerpo de la señorita Mary Roget del río Charles, a la altura del Puente Nuevo. Si bien, en un primer momento, no pudimos reconocer a quién pertenecía el cuerpo. Estaba cubierta de suciedad, lodo y algas. Todo fue retirado cuidadosamente para permitir su identificación. Posteriormente, se esperó al inspector al mando y se procedió a un análisis preliminar. Según este constató, su rostro presentaba numerosos arañazos y hematomas. Parte de su cabello había sido arrancado. La nariz estaba fracturada.

Tenía un pedazo de su vestido atado en torno a su cintura y un trozo de encaje arrancado de sus enaguas estaba fuertemente enrollado en torno a su cuello; se había clavado en la carne hasta quedar casi oculto. El resto de la ropa estaba rasgado. Un gorrito colgaba de su garganta. La víctima tenía los brazos doblados contra el pecho y había señales de cuerdas en sus muñecas. Las numerosas erosiones de la espalda indican que pudo ser arrastrada por el fondo del río. Todo apunta a que ha sido un asesinato de gran violencia.

Me quedé impresionado por la descripción del estado de Mary Roget que acababa de leer. No quería ni pensar qué nos diría el cadáver cuando se realizase la autopsia. Aunque eché algo en falta. El informe no hacía mención a la mano izquierda del cadáver. Se lo conté a Dupin.

—Lo que has leído solo refleja nuestras primeras impresiones tras un examen ocular. No hemos podido ser más exhaustivos porque… —se interrumpió, aunque yo apenas le di importancia.

Continuaba conmocionado. ¿Quién la había matado? ¿Por qué? Volví a pensar que la autopsia sería definitiva para esclarecer la verdad. Y así lo dije:

—Estoy seguro de que cuando se haga la autopsia, descubriremos alguna pista que incrimine al culpable. Y no descarto que sea Frank Burton —concluí.

Dupin parecía ensimismado en sus pensamientos. Y cuando callaba así significaba que algo importante pasaba por su cabeza.

—Como tú has dicho, la autopsia es una gran ayuda para cualquier investigación… Sin embargo, tenemos un problema.

Dupin me miró fijamente. Tomó aire y acabó la frase:

—No va a haber autopsia. Su cuerpo ya ha sido trasladado a la funeraria. Mañana por la tarde la enterrarán.

Yo le escuché incrédulo. ¿Cómo podía ser que no le hicieran una autopsia? ¿Por qué? Dupin dio una calada a su pipa:

—Ha llegado una orden del Tribunal Federal que nos obliga a cerrar el caso.

Yo no entendía nada.

—¿Y eso puede conseguirse? —le pregunté.

Dupin asintió cabizbajo.

—Por desgracia, con dinero se puede conseguir casi todo.

—¡Pero eso es injusto! —estallé yo—. Seguro que su madre querrá saber la verdad. Ella fue quien puso la denuncia.

El inspector se encogió de hombros.

—¿Puede ser que Frank Burton haya pagado para que no continúe la investigación?

—Admito que lo he pensado y eso le ha hecho sospechoso también a mis ojos —me dijo Dupin—. El empresario es un hombre adinerado. Además, cuenta con la ayuda de su hermano abogado.

Yo estaba indignado:

—¡Otra prueba más de que Frank Burton es culpable! ¿Cómo pueden decir que esta brutal agresión no ha sido un asesinato?

—Es que ya tienen a un asesino —soltó el inspector.

No entendía nada. ¿Qué me estaba diciendo Dupin?

—¿A qué se refiere? —pregunté atónito.

Intentó explicármelo, pero no era fácil de comprender.

—El asesinato de Mary Roget acabará clasificado como un caso en secreto de sumario bajo protección del Tribunal Federal. Eso significa que, en teoría, ya han detenido al asesino pero la opinión pública no tiene derecho a saber nada.

—¿Qué asesino? ¿Quién es el asesino? —yo no daba crédito a lo que estaba escuchando.

El inspector dio una calada a su pipa.

—Vete a saber. Si hay corrupción de por medio, pueden inventarse un nombre y un apellido que conste como el autor del asesinato. Si alguien indaga, puede encontrarse con que casualmente ese criminal acaba de morir y, también casualmente, no tiene familia que pueda defenderlo.

—Es injusto —proclamé furioso y perplejo.

—¡Por mis muertos, es injusto! Pero no es la primera vez que ocurre. Mi esperanza es que en el futuro la justicia esté libre de sospecha.

—¿Y si demostramos que el asesino es otra persona? —le pregunté.

Auguste Dupin dejó la pipa sobre el cenicero.

—No lo sé. Supongo que podríamos acudir a la Corte Suprema para reabrir el caso. Aunque en muy pocas ocasiones, a veces se ha conseguido con pruebas sólidas.

Nos quedamos los dos pensativos, conscientes de que sin el cadáver difícilmente se podría demostrar nada. De repente me vino una idea a la cabeza.

—Imagino que, al menos, la habrán llevado a la funeraria más elegante de Boston, ¿no? ¿Se trata de la funeraria de mi padrastro? ¿Se celebrará allí el velatorio?

Dupin asintió.

—Creo que sí.

Carraspeé para que mi voz pareciese más adulta:

—Pues iré a la funeraria para ver si averiguo algo. Mientras barro el suelo, siempre escucho cosas muy interesantes. ¡Seré todo oídos!

De repente, los ojos de Dupin se iluminaron.

—De acuerdo, ¡vamos a luchar para que se haga justicia! Y creo que yo tengo otra idea para recuperar el cadáver —el inspector sonrió con cierta malicia.

—¿Y cuál es? —yo estaba muy intrigado.

Dupin sonrió levemente y en un papel escribió las letras «P. C.».

—¿Qué significan esas dos letras? —le pregunté.

—Tendrás que esperar. A ver si eres capaz de descubrirlo —proclamó enigmático.

Intenté sonsacarle, pero estaba claro que no me lo iba a decir.

No me resultó difícil que esa misma noche mi padrastro me castigara. Sabía cómo sacarle de quicio.

Debajo de mi cama tenía una caja donde guardaba diferentes insectos y bichos vivos: arañas, cucarachas, escarabajos, ciempiés y hasta una mantis religiosa. Durante la cena, decidí ponerle en la sopa la cucaracha más enorme de las que guardaba en mi Zoo de las Pequeñas Bestias. Se la coloqué en su plato justo después de que mi madrastra sirviera la sopa. Pude ver cómo sus antenas sobresalían y se movían. Con el dedo las empujé disimuladamente hacia abajo para que mi padrastro no las viera. Él fue el último en sentarse a la mesa. Esperé a que introdujera la cuchara en el líquido. En ese momento, ya debió de notar algo extraño porque frunció el ceño. Al levantar la cuchara, en el cuenco estaba el insecto, moviendo sus antenas. Su cara, cuando lo descubrió, fue brutal. Emitió un grito desgarrador y prolongado. Mi madrastra también comenzó a berrear, al tiempo que Robert Allan y yo nos desternillábamos. Parecía una casa de locos.

Como siempre, mi padrastro me acusó a mí. Yo juré una y otra vez que no sabía nada de esa cucaracha, pero no me creyó.

—Mañana irás a barrer a la funeraria toda la tarde cuando salgas de la escuela —proclamó.

Bajé mis ojos fingiendo que tenía un gran disgusto. Pero por dentro estaba sonriendo porque había conseguido mi propósito.

Al día siguiente, tras las clases, fui encantado a cumplir mi castigo a la funeraria. Rudy Gigant, el ayudante de mi padre, me abrió la puerta.

Es un hombre muy peculiar, un expresidiario rehabilitado que mi padrastro contrató. Le paga muy poco, pero él es feliz y a mí me ha enseñado muchas cosas, como forzar cerraduras. Rudy se encarga de preparar los cuerpos para el velatorio, una práctica habitual en los muertos que se mostraban en público. Los lava, los viste y, si es necesario, los maquilla. Finalmente, se les colocan unos ganchos en el interior de la boca para que esbocen una sonrisa. Sin duda, su última sonrisa. Ese detalle es muy importante porque la publicidad de la funeraria dice que «nuestros muertos son los más felices del mundo».

Solo llegar le pregunté a Rudy Gigant qué funerales había previstos para ese día. Me confirmó que dos y que uno de ellos era el de Mary Roget. Le pregunté si ya la había maquillado; quería saber si la había visto y si yo también podía verla, pero su respuesta me desanimó:

—No me han dejado hacer nada. Han venido con una orden del juez, han metido a Mary Roget dentro del ataúd elegido y lo han cerrado con llave, llave que por supuesto se han llevado.

—¿Entonces no has podido verla?

Rudy Gigant negó con la cabeza.

—No, y me hubiera gustado. Era realmente bella.

Cuando llevaba 1 hora barriendo, Rudy me dijo que salía a hacer un recado. Fui rápidamente a la sala de los cadáveres, donde estaba el cuerpo de Mary Roget. Solo ver el ataúd, me impresionó. Pensar que aquella mujer tan hermosa que había muerto de una forma tan violenta estaba dentro de esa caja me causaba una profunda tristeza. Me acerqué al ataúd. La cerradura era inmensa.

Busqué un destornillador grande de su caja de herramientas e intenté abrirla con él. Primero lo giré a la izquierda, después a la derecha. Nada. En un nuevo intento, incliné el destornillador arriba y abajo. Me estaba empezando a poner nervioso. ¿Por qué no conseguía abrirla? De pronto sonó la campana de la puerta. Eso significaba que alguien estaba entrando. Pensé que sería mi padrastro, ya que Rudy no había tenido tiempo de regresar de su recado.

A toda prisa intenté sacar el destornillador de la cerradura, pero parecía haber quedado atrapado en el agujero. ¡Mi padrastro me iba a pillar con las manos en la masa! Sentí que un sudor frío recorría todo mi cuerpo. Oí unos pasos acercándose. No conseguía sacar la herramienta. Cuando mi padrastro me descubriese, me daría una paliza que me dejaría medio muerto (o totalmente muerto).

Los pasos se dirigían a la sala donde yo me encontraba. Seguía sin poder liberar el destornillador. La puerta de la sala se abrió y yo cerré los ojos.

CAPÍTULO 6

EL CADÁVER NO DESCANSARÁ EN PAZ

Por suerte, no era mi padrastro quien había entrado en la sala donde yo me encontraba, sino Rudy Gigant. Había regresado inesperadamente porque se había dejado el dinero. Se quedó muy sorprendido al ver que yo estaba intentando abrir el ataúd de Mary Roget. Le supliqué que no le dijera nada a mi padrastro. Para convencerlo, le dije que, si me ayudaba, le regalaría el autógrafo que la vedete me había dado.

—Estoy colaborando con el inspector Dupin —le confesé—. Si la policía no puede examinar su cadáver, nunca sabremos quién ha sido el asesino.

Gigant estudió el ataúd y concluyó que abrirlo era una tarea difícil incluso para ladrones experimentados. Pero reconoció que tenía curiosidad por ver a la difunta, así que pude convencerlo para que lo intentáramos. Eso sí, a cambio tendría que darle el autógrafo que Mary me había regalado y, además, me pidió una docena de galletas de mantequilla de las que preparaba mi madre. ¡Él también pensaba que eran las mejores del mundo!

Rudy buscó un alambre de la caja de herramientas y lo metió dentro del cerrojo. Al cabo de un rato, negó con la cabeza y dijo:

—Este tipo de cerradura es de las que se resiste. Tal vez podría forzar la tapa y hacerla saltar…

Entonces cogió una barra de hierro. La colocó en la estrecha rendija entre la tapa y el cajón del ataúd, y empezó a desplazarla de arriba abajo intentando hacer palanca. Primero con suavidad, después con más fuerza.

Gigant se disponía a dar el empujón final cuando oímos claramente que alguien se acercaba. Ahora sí, eran los pasos de mi padrastro. Salimos a toda prisa por una puerta lateral para que no nos descubriese ahí dentro. Por desgracia, ya no tendríamos tiempo para abrir la caja.

El velatorio de la famosa actriz de variedades fue triste. La inmediatez de su celebración y el secretismo hicieron que acudiera muy poca gente, ya que nadie se había enterado. Frank Burton estuvo acompañado en todo momento por su hermano, Jeff Burton. El abogado solo se separó de él para ir al cuarto de aseo en 3 ocasiones. También presentaba un aspecto cansado. Se estaba dejando crecer la barba.

Mientras barría el suelo, mantuve en todo momento la cabeza baja para que no me reconocieran.

Lo primero que me chocó fue que la madre de la muerta, Estelle Roget, no asistió. Alguien le preguntó dónde estaba a Frank Burton, a lo que este respondió encogiéndose de hombros. En ese instante, Jeff Burton intervino.

—¿Es que no lo recuerdas? La pobre señora Roget está indispuesta —proclamó el letrado y a continuación añadió—: Es una mujer mayor, demasiado sensible para asistir a un acto como este. Primero pierde a su marido y ahora, a su hija.

Frank se disculpó.

—Lo siento, es que últimamente me duele mucho la cabeza y me olvido de las cosas.

Muy atento, el letrado tomó a su hermano del brazo.

—No pasa nada.

También me sorprendió mucho que Frank Burton estuviera tan destrozado. ¿Tenía sentido estar tan abatido si realmente era el asesino? ¿O acaso se había arrepentido? No paraba de llorar y de repetir lo mucho que amaba a Mary Roget. Se dejó consolar por los pocos amigos que acudieron a acompañarlo. Sus lágrimas parecían de dolor verdadero. Al final de la íntima ceremonia, quiso dirigir unas palabras al público; pero estaba demasiado emocionado para hacerlo.

—No puedo vivir sin ella —mascullaba una y otra vez en un mar de lágrimas.

Avanzó unos pasos renqueante hasta abrazarse desesperadamente al féretro. Jeff Burton y dos amigos tuvieron que obligarle a sentarse en uno de los bancos.

Unos minutos después, el coche fúnebre llegó para llevarse el ataúd. Lo observé con tristeza. Iban a enterrar a Mary Roget y, con ella, las pistas que nos podían haber llevado al asesino.

Lo que había sucedido en la funeraria me dejó descolocado por varios motivos.

Por una parte, el rostro descompuesto de dolor de Frank Burton. Hasta aquel día yo había pensado que era el asesino, pero no dejaba de pensar en que realmente parecía destrozado.

Por otro lado, me parecía inconcebible que la madre no hubiera estado presente. Es muy raro que la familia no acudiera al entierro, pero que una madre no vaya al funeral de su propia hija…

Decidí acudir a la pensión La Comodidad antes de ir a la escuela para intentar hablar con ella. Mi hermana Rosalie me acompañó, así que se me ocurrió una idea. Le pedí que entrara con la excusa de ofrecerse como pinche de cocina, y que preguntara por Estelle Roget. Rosalie aceptó ayudarme con la condición de que le guardara media docena de galletas de mantequilla de la próxima hornada que mi madrastra preparara.

La recibió una señora que dijo estar a cargo de la pensión en ausencia de su propietaria. Por la descripción de Rosalie, debía de ser la vecina que yo vi consolando a la señora Roget. Por suerte para mí, era muy dicharachera. Le dijo que la dueña llevaba 2 días ausente del negocio y que no sabía cuánto tiempo estaría fuera, pero ella calculaba que semanas. Enseguida le confesó que se había ido a casa de su hermana a Nueva York.

Rosalie salió de la pensión con toda esta información y algo más:

—No me han dado el empleo. Me ha dicho que no aceptan a menores de 12 años para trabajar.

Y riendo, tras la fugaz visita a la pensión, Rosalie y yo fuimos corriendo a la escuela. Si nos apresurábamos, llegaríamos a tiempo.

Durante el camino, no pude dejar de pensar en la anciana. ¿Por qué Burton había dicho en el funeral que estaba indispuesta? Si estaba tan mala, ¿se hubiese ido a Nueva York? ¿No hubiese sido más lógico que la tía de Mary viniese a Boston y las dos acudieran al funeral? ¿Y si Frank había matado a Estelle Roget? ¿O la había hecho desaparecer para ocultar una prueba, algo?

Sin embargo, cuando se lo conté a Dupin por la tarde, no le dio demasiada importancia. Según él, a las personas de su edad, un golpe como la muerte de un hijo podía afectarlas seriamente. Eso encajaba con lo que había dicho el abogado Jeff Burton.

Se acercaban las vacaciones de verano y el ambiente en la puerta de mi colegio por fin era más alegre. Rosalie corrió a reunirse con sus amigas. A mí me esperaba Charlie, mi amigo vendedor de periódicos. Sabía que me interesaba mucho el caso de Mary Roget y quería contarme que había salido publicado un interesante artículo sobre este tema en la primera página del *Boston News*. Un periodista se había atrevido a denunciar las irregularidades del caso. Como hablábamos rodeados de padres que acompañaban a sus hijos, varios se interesaron por la noticia sobre Mary Roget. Entre dos compraron un diario y leyeron en voz alta:

INDIGNACIÓN EN EL CASO DE LA VEDETE SALVAJEMENTE ASESINADA

De buena fuente hemos sabido que el Tribunal de Justicia ha cerrado la investigación del caso de Mary Roget. La causa alegada es que el asesino, un tal David

Stamp, ha confesado el crimen antes de morir. Todos sabemos, sin embargo, que en cierto tipo de delitos siempre aparece oportunamente un culpable que surge de la nada, llámese Stamp, Rodríguez o Lye. Casi siempre son enfermos moribundos y sin familia. Se les cuelga el muerto, nunca mejor dicho, y caso resuelto. Es increíble que, bajo el paraguas de ser un caso de secreto de sumario y por tanto bajo la protección gubernamental, se estén dejando de investigar delitos muchas veces flagrantes. ¿Y si el asesino verdadero es un criminal en serie?

El ejemplo más reciente es el caso de la hermosa Mary Roget, asesinada brutalmente. Una vez más, es incomprensible que no se haya permitido una investigación policial. ¿Cómo es posible que no se le haga la autopsia al cadáver? ¿Por qué la familia no ha exigido pruebas que confirmen quién es el verdadero culpable?

El pueblo tiene derecho a saber la verdad. Si no queremos que se repitan casos como el de Mary Roget, tenemos que exigir justicia. Si los políticos no actúan como deberían hacerlo, defendiendo los intereses del pueblo, tendremos que hacerlo nosotros, los ciudadanos. Así que apelo a todos aquellos que no estén de acuerdo con la decisión de cerrar el caso de Mary Roget para que se reúnan frente al Tribunal de Justicia de Boston. Y, por supuesto, aprovecho para pedir a aquellas personas que puedan aportar alguna información relacionada con dicho asesinato que contacten con la Jefatura de Policía de Boston.

Paul Claims

El artículo estaba firmado por un tal Paul Claims, un nombre que se me quedó grabado, aunque no recordaba conocer a nadie que se llamara de ese modo. Y desde luego, el periodista logró su propósito. Si al empezar el artículo éramos apenas 3 personas las que estábamos interesadas, cuando acabamos ya éramos muchos. Y todos confirmaron que acudirían al acto de protesta frente al Tribunal de Justicia.

Paul Claims… No podía quitarme ese nombre de la cabeza. De repente adiviné su significado y por qué me había dejado con la mosca detrás de la oreja. La clave se encontraba en las iniciales del autor del artículo. Por fin comprendí: ¡Por mis muertos, Auguste Dupin había sido el artífice de ese texto! Recordé que habían sido las dos letras «P» y «C» que había escrito cuando me comentó que tenía una idea para que exhumaran el cadáver. Lo había escrito convencido de que los ciudadanos protestarían porque el caso no había sido correctamente investigado. Y así reabrirían el caso. «P» y «C» eran las iniciales de Paul Claims, una identidad falsa del audaz inspector.

Tras la publicación de la noticia, mucha gente se presentó frente al Tribunal de Justicia y las protestas llegaron al gobernador. Días después, tras algunas

destituciones y detenciones (se descubrió la gran fortuna que algunos funcionarios públicos, fiscales y jueces, estaban amasando a cambio de evitar que muchos casos fueran investigados), la Corte Suprema anuló la resolución del caso de Mary Roget.

También sucedió algo que Dupin no tenía previsto. Parte de la opinión pública culpaba directamente a Frank Burton e incluso a Estelle Roget del asesinato de la artista. Estaban convencidos de que, por el hecho de que hubieran estado de acuerdo en cerrar el caso, algo tendrían que esconder. Furibundos, se presentaron en la pensión La Comodidad y empezaron a gritar y a lanzar amenazas. Así, Jeff Burton fue a hablar con Auguste Dupin para exigirle que custodiara la casa de huéspedes. Ese mismo día, las autoridades decidieron enviar a dos policías para que vigilaran el edificio por temor a que se produjera un linchamiento.

La tercera consecuencia fue que a la Jefatura comenzaron a llegar nuevos testimonios de personas que decían tener información sobre el caso. Y, a la espera de que nos permitieran desenterrar el cuerpo de la actriz para realizarle la autopsia, Auguste Dupin me pidió ayuda para analizar parte de esa información.

Muchos de los testimonios eran falsos o se contradecían. Sin duda, buscaban una recompensa económica; como el de una mujer que dijo que el asesino era su novio y se quedó tan pancha (después reconoció que odiaba a su exprometido porque la había abandonado por otra mujer y quería vengarse de él). Otros declaraban sin ningún rubor lo primero que se les venía a la cabeza; como un obrero que dijo que el criminal era su jefe simplemente porque no lo soportaba.

Un mendigo llamado Eugene Proud se presentó en la Central proclamando que tenía guardado en un escondite secreto un dedo de Mary Roget. Estaba ebrio, pero se mostraba muy convencido de lo que decía. Dio la casualidad de que yo estaba con Dupin cuando se presentó. Tendría unos treinta años y muchos kilos de más, pero lo más desagradable era que, cuando hablaba, se te acercaba tanto a la cara que su aliento a alcohol echaba para atrás.

—Vi con mis propios ojos al asesino de Mary Roget —balbuceó.

A continuación pidió un trago de vino, que, naturalmente, no le fue servido a pesar de su insistencia. Se puso tan nervioso que lo llevaron al calabozo, donde, por lo que me contó Kevin, se pasó la noche gritando barbaridades. Cuando, a la mañana siguiente, se le pasó la borrachera, le dijeron que describiera cómo era el asesino y él afirmó entonces que se lo había inventado todo. Le permitieron marchar, convencidos de que no era peligroso y de que su comportamiento había sido debido a su borrachera.

Hubo, sin embargo, 3 testimonios que coincidieron en un dato: que habían visto a Mary Roget cerca del río Charles acompañada de un hombre de mediana edad, cabello castaño y con bigote. La descripción podía coincidir con la de Frank Burton, pero también con la de cientos de bostonianos. La última moda masculina eran los bigotes. Y hubo un testimonio que resultó especialmente interesante. Fue la información que nos proporcionó la dueña de la cantina que se encontraba en la ribera del río Charles.

La testigo, de nombre Clarie Random, tenía cincuenta años y su negocio se encontraba junto al puente de la Antigua Fábrica de Porcelana, es decir, no muy lejos de la pensión donde vivía Mary Roget. En su declaración afirmó que el mismo día de su desaparición, el sábado 22 de mayo, una pareja comió en su restaurante. Estaba convencida de que la mujer era la artista Mary Roget. Ella y su acompañante se pasaron todo el tiempo discutiendo. Minutos más tarde de que la pareja se marchara, entraron unos hombres de aspecto muy rudo, que se emborracharon y salieron sin pagar. Clarie Random escuchó gritos desgarradores desde su cantina, pero cuando salió a la calle ya no vio a nadie. Su declaración daba a entender que la bella Mary Roget había sido raptada por esa banda de sinvergüenzas y que, al resistirse, la mataron sin piedad.

El testimonio de Clarie Random parecía tener credibilidad. En efecto, se decía que una banda de malhechores había cometido varios delitos contra mujeres en Boston sin que la policía, por el momento, hubiera conseguido detenerlos. Y además, estaban esas 3 personas que declararon haber visto a Mary Roget por la zona.

Auguste Dupin envió a varios oficiales de la policía a inspeccionar el lugar, y en las zarzas circundantes aparecieron jirones del vestido de Mary Roget. La tierra a su alrededor estaba removida; podían verse muchas huellas a pesar de las semanas transcurridas, y no cabía duda de que una lucha había tenido lugar allí. Entre el soto y el río se descubrió que los vallados habían sido derribados. En la tierra había señales de que se había arrastrado una pesada carga. Incluso encontraron marcas en el terreno que tomaban la dirección del río y vieron una cerca que estaba rota.

Por fin, ya sabíamos casi con certeza el recorrido que había seguido Mary Roget el día de su desaparición. Primero, había salido de la pensión de su madre. Después se había dirigido a la ribera del río, a la altura del puente de la Antigua Fábrica de Porcelana, donde se habría encontrado con un varón de mediana edad con bigote y tal vez barba corta, con el que había ido a comer a la cantina. Lo que sucedió después todavía no estaba claro, pero una de las teorías que empezaba a cobrar fuerza era que Mary se hubiese topado con la banda de malhechores. Y que dicha banda fuera la autora de su asesinato.

Mientras estaba con Dupin leyendo de nuevo la información que nos había llegado para ver si podíamos encontrar más pistas, llamaron a la puerta del despacho. Era Kevin. Por sus ojos brillantes, nos dimos cuenta de que nos traía una noticia importante. Estaba excitado.

—Acabamos de detener al hombre que asesinó a Mary Roget.

Dupin y yo nos miramos incrédulos.

—¿Lo conocemos? —pregunté yo atónito.

Kevin asintió.

CAPÍTULO 7

¿CASO RESUELTO?

Era más del mediodía cuando Frank Burton se presentó en la Jefatura de Policía. Kevin fue quien lo recibió en cuanto atravesó el vestíbulo.

—Yo soy el asesino de Mary Roget —declaró—. He venido a entregarme.

Rápidamente, Kevin llamó a dos de sus compañeros. Instantes después lo condujeron a una sala, donde lo encerraron a la espera de ser interrogado. En todo momento, obedeció las órdenes de los agentes sin rechistar. Parecía adormilado y algo confuso.

Antes de comenzar el interrogatorio, el inspector ordenó ir a buscar a Clarie Random, la cantinera. Se presentó poco después y se le permitió ver a Frank sin ser vista. Tras escrutar durante varios minutos a través de un cristal, declaró que podía ser él, pero que no lo podía afirmar con total seguridad.

También yo me fijé en él a través de ese espejo, y admito que me dio bastante pena verlo esposado.

Frank Burton respiraba con dificultad. Su rostro estaba demacrado, no paraba de tocarse el cuero cabelludo. Ni siquiera se atrevía a mirar a los ojos al inspector cuando este entró en la sala. Sin embargo, su voz sonó clara cuando dijo:

—Señor Dupin, yo soy el culpable del asesinato de Mary Roget. Yo la maté.

En ese instante, rompió a llorar. Con las manos se tapó la cara y Dupin intentó tranquilizarlo. Le dio unos minutos para que recuperara el aliento y pidió que le trajeran agua y pañuelos. Una vez estuvo más tranquilo, esto es lo que el empresario contó con voz trémula:

—Mary y yo discutimos. Reconozco que esa tarde fui cruel con ella. La verdad es que yo estaba muy celoso, celoso de la ropa que vestía, de que todos los hombres la miraran… No podía soportarlo más. Cuando vi que se marchaba, le pedí perdón. Ella me dijo que solo necesitaba estar tranquila y que aprovecharía para ir a visitar a una amiga. Quedamos en que la pasaría a buscar a última hora de la tarde. Pero como mis celos no me dejaban ni respirar, la seguí por la calle. Cuando estábamos cerca de la ribera del río, le rogué que regresase a la pensión conmigo. Pero ella no quería saber nada de mí. Forcejeamos. Sin querer, yo le di un empujón. Ella cayó al suelo y se golpeó en la cabeza. Perdió el sentido. Yo no sabía qué hacer…

Se creó un largo silencio en el que solo se oía la respiración entrecortada del presunto asesino.

—¿Y después qué hiciste? —le preguntó el inspector.

—La agarré en brazos, la llevé hasta el río y la tiré al agua.

Dupin intervino:

—¿En qué tramo del río?

— Creo que cerca del Puente de la Independencia.

Frank Burton en ningún momento mencionó la zona de la Antigua Fábrica de Porcelana, el lugar señalado por otros testigos. Sin embargo, ante la insistencia de Dupin, acabó diciendo:

—No lo recuerdo, en realidad. Inesperadamente, comenzó a llover, yo no veía nada…

Otro tenso silencio. El empresario teatral se levantó para acercarse más al inspector, quien le obligó a sentarse de nuevo.

—Se lo suplico, señor Dupin, por favor, no exhumen el cadáver.

Y repitió esa frase veinte veces.

A partir de ahí, perdió el hilo. Se contradecía constantemente. De repente, era como si padeciese amnesia. Decía que había estado lloviendo y minutos después afirmaba lo contrario; que ya estaba muerta cuando la tiró al río y, unos segundos después, que todavía respiraba. Tampoco era capaz de contestar por qué la vedete había sido atada con cuerdas.

Pero si no era el asesino…, ¿por qué confesaba ahora su crimen? Lo único que parecía importarle era que no desenterraran el cadáver. ¿O acaso tenía algo que esconder?

—Solo quiero que cierren el caso y que no hablen más de mi querida Mary.

De repente, se levantó de la silla, con gesto amenazante.

—Mataré a quien hable mal de Mary.

Fue entonces cuando Jeff Burton entró apresuradamente en la sala para unirse al interrogatorio. Abrazó a su hermano y le susurró:

—¡Estaba muy preocupado por ti!

Realmente, era admirable lo bien que se llevaban. Se ayudaban, se querían, se apoyaban el uno al otro. Pensé por un momento en la nefasta relación entre mi hermanastro Robert Allan y yo. Desastrosa.

Jeff se sentó al lado de su hermano, se dirigió a él.

—El contable del teatro me vino a buscar a mi despacho. Me contó que ibas a entregarte a la policía. ¿Por qué no me dijiste nada? Al menos, hubiéramos venido juntos. No he podido llegar antes.

El abogado se acarició su barba de color rojizo, que se había dejado crecer.

—¿Por qué te declaras culpable cuando sabes que no lo eres?

Se produjo un silencio. El empresario teatral de nuevo se desmoronó:

—Ya no puedo más. No quiero que hablen más de Mary. Ella es mía y solo mía.

Como si se tratara de un niño pequeño, el abogado le hizo una caricia.

—No digas nada más, Frank, déjame hablar a mí.

Jeff Burton se dirigió al inspector.

—¿Qué pruebas hay contra mi hermano? —preguntó.

—La principal prueba es su autoinculpación —expuso Dupin.

Jeff Burton lo interrumpió:

—Mi hermano miente. Su declaración no tiene ninguna validez porque está sumido en una profunda depresión. Un médico así lo dictaminará. Para detenerlo, es necesario que presente una prueba sólida que lo inculpe —continuó el abogado—. Dígame, inspector, ¿hay alguna prueba contundente contra mi hermano?

—La verdad es que no. Pero muy pronto exhumarán el cadáver y entonces sabremos con certeza si ha sido él.

Al oír esta última frase, Frank Burton empezó a boquear; se estaba ahogando.

—Dejad a Mary descansar en paz. ¡Por favor, no la desenterréis!

Tuvieron que llamar a dos policías para reducirle. Luego, llamaron a un médico para suministrarle un tranquilizante. Tan mal estaba que decidieron trasladarlo al Hospital Santa Marta, el más cercano a la Jefatura de Policía. Ahí le harían un reconocimiento más completo.

Una vez solos, Dupin y yo nos miramos con complicidad. Curiosamente, ahora que Frank Burton se había declarado culpable, los dos teníamos serias dudas de que realmente lo fuera.

—Me he estado fijado en sus gestos y todo el tiempo ha estado moviendo las manos. Pocas veces le ha mirado a la cara —tercié.

Dupin me escrutó meditabundo.

—Tienes razón, yo también creo que ha mentido. Pero ni su mirada ni sus gestos son una prueba concluyente.

Tras un silencio, pensé que también cabía la posibilidad de que Frank Burton nos hubiera dicho la verdad, pero que no estuviese muy bien de la cabeza. Tal vez actuó sin piedad y luego llegó a olvidarse de lo que había hecho. Había leído que eso era posible.

Pronto tuvimos una noticia que, sin duda, ayudaría a clarificar el caso. Una muy buena noticia. Ante el clamor popular, por fin la Corte Suprema había

decidido reabrir el caso. Eso significaba que se podría realizar la autopsia.

La investigación de campo de los agentes también trajo otra novedad. Se habían encontrado nue-
vas pistas del crimen, junto al puente de la Antigua
Fábrica de Porcelana.

NUEVAS PISTAS

Unos niños jugaban al escondite en la orilla del río Charles, en una zona de vegetación espesa situada cerca del puente de la Antigua Fábrica de Porcelana, donde había unas grandes piedras que formaban una especie de asientos con respaldo. Era una zona próxima a la cantina donde su propietaria, Clarie Random, había declarado haber visto a Mary Roget. Sobre la piedra de mayor tamaño encontraron una sombrilla; en la segunda, un pañuelo ensangrentado con las iniciales «F. B.». La sombrilla llevaba colgada una etiqueta con el nombre de su propietaria, Mary Roget, así como la dirección de la pensión. Por último, encontraron unos guantes de mujer en el suelo. Una fina capa de moho recubría los objetos. En cuanto los niños vieron el nombre de Mary Roget en la sombrilla, supieron que debían avisar a la policía. Todos los ciudadanos de Boston, incluidos los más pequeños, conocían el caso. Lo extraño era que la zona ya había sido inspeccionada tras la declaración de Clarie Random. Por ello, los agentes que habían hecho el registro fueron severamente amonestados por no haber examinado el terreno a conciencia.

Lo cierto era que cada vez había más pruebas que señalaban a Frank Burton como principal sospechoso de la muerte de Mary Roget. El pañuelo ensangrentado con las iniciales «F. B.» y la sombrilla de la vedete demostraban que los dos habían estado allí. ¿Pero, entonces, eso significaba que la banda de malhechores que había visto la cantinera quedaba exculpada?

Dupin y yo fuimos a la ribera del río Charles, a la altura de la Antigua Fábrica de Porcelana, donde todo indicaba que se había cometido el crimen. Nos detuvimos en el lugar donde supuestamente se había producido el forcejeo entre Mary y su asesino o asesinos. La tierra estaba muy removida y todavía podían vislumbrarse decenas de huellas en todas las direcciones. Un oficial de la policía custodiaba todo el terreno hasta que finalizaran las investigaciones.

El inspector tomó la palabra tras observar detenidamente las marcas del suelo.

—La lucha que tuvo lugar debió de ser violenta y prolongada, para dejar tantas huellas en todas direcciones. ¿Qué te parece más lógico: que fuera una pandilla de malhechores o solo una persona? Tengamos en cuenta que se enfrentaba a una débil e indefensa mujer.

Tras analizar su planteamiento, lo vi claro.

—Si Mary se hubiera tenido que enfrentar a una banda de hombres fornidos, hubiera sido consciente de que no tenía nada que hacer y hubiera mostrado más pasividad. Apenas se hubiera movido.

Dupin esbozó una sonrisa y me dio una palmadita en la espalda:

—¡Estás aprendiendo muy rápido, chaval!

Yo sonreí dichoso por su comentario, mientras el inspector continuaba con su razonamiento:

—Solamente si imaginamos a un solo agresor, podemos concebir una lucha tan violenta como para dejar semejantes huellas. Entonces sí que se justifica que haya existido un terrible forcejeo.

A continuación, me explicó otro de los trucos que él utilizaba: ponerse en el lugar del criminal. Empezamos a hacer el recorrido desde el punto donde se produjo la lucha y donde, muy probablemente, murió la víctima.

Dupin caminaba y hablaba al mismo tiempo. Yo iba tras él.

—Veamos: un individuo acaba de cometer el asesinato. Está solo con la muerta. Se siente aterrado por lo que ha hecho. El arrebato de su pasión ha cesado y en su pecho se abre paso el miedo. Le falta esa confianza que la presencia de otros inspira. Tiembla, se siente confundido. Es necesario ocultar el cuerpo. Mira a su alrededor. El río queda más lejos de lo que él se imaginaba. Arrastra el cadáver hacia el río por tramos. Sin embargo, deja atrás las pruebas de su culpabilidad; sería difícil, si no imposible, llevar todo a la vez. Además, piensa que no habrá dificultad en regresar más tarde. Pero ese trabajoso recorrido hasta el agua redobla su temor. Los sonidos de la vida le acechan en su camino. Cree ver a gente que le ha descubierto. Las luces y los ruidos de la ciudad lo espantan. Con todo, después de varias pausas llenas de terrible ansiedad, llega a la orilla del río. Está agotado. Renuncia a regresar en busca de pruebas que lo incriminen. Sería peor si alguien lo ve…

—¿Se refiere a los objetos encontrados en la explanada? —le interrumpí para que me aclarase la duda.

Dupin asintió sin palabras. Durante nuestro recorrido vimos los vallados que habían sido derribados; la tierra, que mostraba señales de que se había arrastrado una pesada carga… Estaba pensativo mirando una de esas cercas derribadas.

—¿Por qué hizo caer las vallas el asesino? —volvió a hablar en voz alta—. Porque estaba arrastrando el cuerpo y no tenía la fuerza suficiente para llevarlo en brazos y saltar. El ataque en grupo queda descartado. ¿Crees que varios hombres hubieran arrastrado un cuerpo dejando evidentes huellas? Aunque hubieran sido solo dos, ¿no hubieran alzado entre ambos el cadáver?

Yo estaba fascinado con sus deducciones.

—Sin duda, se trata de un único criminal y fue un crimen no premeditado. Por eso no calculó que el trayecto al agua era largo. Aquí escondió el cadáver entre la maleza, descansó y fue hasta el río para saber cuánto le faltaba. Allí debió de buscar cuerda de alguna barca. Con esas cuerdas y algunas cintas que hizo desgarrando el vestido de la víctima se ayudó para transportar el cuerpo…

Seguidamente, Aguste Dupin me llevó a la zona de piedras donde los niños habían encontrado los objetos inculpatorios. Por su aspecto enmohecido, en un primer momento habíamos pensado que llevaban, por lo menos, tres o cuatro semanas a la intemperie. No obstante, el inspector sonrió débilmente al cabo de un rato y me dijo:

—Otro consejo que debes aprender es que las apariencias engañan. Por ejemplo, en época calurosa y húmeda, como la correspondiente a este crimen, la vegetación crece mucho más deprisa, y también la descomposición es más veloz. Hay muchas variedades de moho que se reproducen muy rápidamente.

Escruté a Dupin algo perplejo.

—¿Me está queriendo decir que los objetos que hemos encontrado pudieron ser puestos hace poco?

—Efectivamente, joven Poe. Sería casi un milagro que las pistas no hubieran sido advertidas en tantos días ni por los investigadores ni por los bostonianos que pasan por aquí.

El inspector señaló las piedras donde habían aparecido las pistas:

—Hay otra cuestión. La disposición en que se encontraron no es en absoluto natural. De los tres objetos, solo el guante se encontró en el suelo. Lo más lógico hubiera sido suponer que todos los efectos personales hallados estuvieran en el suelo y pisoteados, si cayeron fruto de una agresión. Casualmente, el pañuelo con las iniciales de nuestro principal sospechoso y la sombrilla con el nombre de la fallecida aparecen ahora cuidadosamente colocados sobre unas rocas en las que es bien sabido que muchos críos acuden a jugar.

—¡Tiene razón! Las pruebas han aparecido justamente tras la detención de Frank Burton.

Mary Roget había sido enterrada en el viejo cementerio de Copp's Hill. La exhumación se hizo de noche para mantener alejados a los curiosos. No acu-

dió nadie de la familia. Estelle Roget seguía ausente de la ciudad. Solo estuvo presente Jeff Burton, en calidad de abogado del acusado, y como representante de la policía, Auguste Dupin. A mí no me dejaron ir. ¡De nada sirvió decir que ya había visto cientos de muertos!

En cuanto desenterraron el cuerpo, lo trasladaron sin demora a la Jefatura de Policía. El inspector ordenó que se realizara inmediatamente la autopsia. Al día siguiente ya teníamos el informe con las conclusiones.

El testimonio médico concluye que la causa de la muerte fue la estrangulación, pero expresamente quería que quedara patente que la víctima había sido sometida a una brutal violencia previamente.

El doctor Johnson identificó en primer lugar que el cuerpo correspondía a Mary Roget, tras una serie de análisis debidos al mal estado en que se encontraba.

El rostro presentaba huellas de golpes y arañazos, que habían sido hechos en vida de la víctima, dado que estaban cubiertos de sangre coagulada, especialmente en la zona de la boca y de la nariz. La nariz había sufrido un traumatismo tan violento y contundente que la pared que divide las fosas nasales se había separado. No había agua en los pulmones ni espuma en la comisura de los labios, como ocurre con los ahogados; ello implica que fue arrojada al río una vez muerta. Alrededor de la garganta se advertían profundas magulladuras y huellas de dedos, además de un cordón de tela incrustado en la carne. Parte del cuero cabelludo había sido arrancado con ensañamiento y tenía una fractura de cráneo en la nuca.

Las ropas de la víctima habían sido desgarradas. Una tira había sido arrancada del vestido, desde el ruedo de la falda, y enrollada tres veces en torno a la cintura y asegurada mediante una especie de ligadura en la espalda. Otra tira de la combinación de seda que llevaba bajo el vestido había sido arrancada por completo de esta prenda, de manera muy cuidadosa y regular. Dicha tira era la que había alrededor del cuello. Tanto estas cintas como las cuerdas de las muñecas estaban atadas con nudos marineros. Los brazos estaban doblados sobre el pecho. Las muñecas mostraban heridas, aparentemente causadas por las cuerdas. La espalda estaba muy excoriada, en especial los omoplatos, como si hubiera sido arrastrada por el suelo.

¡Por mis muertos, qué brutalidad! Debo reconocer que casi me mareé y tuve que sentarme en una silla para no desmoronarme. Dupin interrumpió la lectura y, mientras yo me recuperaba, él meditaba sobre la complejidad de la colocación de las cuerdas que reflejaba la autopsia.

—Si el criminal es un experto en hacer nudos, casi seguro que se trata de un marinero. Solo así se entendería su pericia.

Recordé que, tras la primera desaparición de la artista, uno de los rumores apuntaba a que Mary se había escapado con un oficial de la Marina. Por supuesto, enseguida compartí este pensamiento con el inspector, pero este, como siempre, me pidió calma.

—Nos falta leer la parte final del informe de la autopsia —me recordó.

Y precisamente ahí íbamos a encontrar una sorpresa que cambiaría el rumbo del caso.

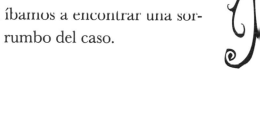

CAPÍTULO 9

EN BUSCA DEL DEDO PERDIDO

Esto es lo que decía el último párrafo del informe:

> Al separar los brazos cruzados sobre el pecho, el forense se percató de que la mano derecha del cadáver aparecía cerrada en forma de puño; la izquierda, sin embargo, estaba abierta y con una particularidad. Solo contaba con 4 dedos. El dedo anular había sido seccionado probablemente con un cuchillo o una navaja.

Dupin y yo, incrédulos, volvimos a leer la parte donde decía que al cadáver le faltaba el dedo anular de la mano izquierda. Se trataba de una sorpresa monumental. Deduje que lo que yo había notado extraño en el cadáver de Mary Roget era que le faltaba un dedo. Permanecimos en silencio casi 3 minutos, pero los dos teníamos el mismo pensamiento en la cabeza: el mendigo que se había presentado en la Central diciendo que tenía un dedo de la artista y que había visto al asesino. No le habíamos dado la más mínima credibilidad por su estado de ebriedad.

Dupin se apresuró a saber si Eugene Proud, el mendigo, había dejado alguna dirección tras ser puesto en libertad. Su declaración ahora era vital. Mas, como era de esperar, no tenía residencia fija, vivía en la calle. Dupin mandó media docena de agentes a buscarlo por la ciudad, consciente de que sería muy difícil localizarlo. No encontraron ninguna pista fiable sobre su paradero, así que el inspector decidió publicar un anuncio en el *Boston News* en el que se pedía de nuevo la colaboración ciudadana, esta vez para encontrar al hombre que tenía el dedo de Mary Roget. Como no quería asustarle, el texto era muy breve.

BUSCAMOS AL HOMBRE
QUE TIENE EL DEDO
DE MARY ROGET

SE OFRECERÁ RECOMPENSA

En cuanto se publicó la noticia, y como siempre que se ofrecía una recompensa, apareció mucha gente afirmando tener información. Por desgracia, ninguna pista útil: 3 personas se presentaron en la Jefatura, cada uno con su respectivo dedo, asegurando que pertenecía a Mary Roget. Finalmente, los 3 confesaron que se lo habían arrancado a personas ya muertas. Uno de ellos fue tan torpe que no se dio cuenta de que el dedo que había cortado pertenecía a un hombre. ¿Que cómo los habían conseguido? Dos de ellos trabajaban en un cementerio y la tercera era una mujer que trabajaba en un hospital. Solo un cuarto testimonio dio una información que parecía real, porque describió con pelos y señales a nuestro mendigo (americano, de unos treinta años, obeso). Dijo que solía verlo pedir cerca del río, en la zona del puente de la Antigua Fábrica de Porcelana, donde se creía que el asesino había tirado el cadáver, y que presumía de tener un dedo de la famosa actriz asesinada. Varios oficiales intentaron localizarlo, pero no dio señales de vida.

Como yo quería colaborar a toda costa, pedí ayuda a mi amigo Brandy Bones, que también pasa temporadas pernoctando en la calle. Suele mendigar por la zona donde yo vivo. Lo llaman «Bones»

porque está en los huesos, a pesar de que come como un descosido, siempre que puede, claro. Fui a buscarlo a un banco de la calle Morgue donde solía ir, muy cerca de mi casa, y le dije que tenía que ayudarme a encontrar a Eugene Proud. Yo sabía que casi todos los mendigos de Boston se conocían. Muchos coincidían en los mismos albergues, donde se refugiaban en las noches frías de invierno.

Brandy Bones tenía pavor a la policía porque, por error, había sido arrestado durante la investigación del caso de la calle Morgue. Dupin se había disculpado con él, pero continuaba mostrándose reticente. Le regalé las 3 galletas de mantequilla que me quedaban para merendar y conseguí que me ayudara. Eso sí, Brandy Bones me advirtió de que no sería fácil dar con Eugene Proud.

A los 2 días, Brandy Bones me dijo que había localizado a Eugene Proud, el mendigo del dedo. Le prometió que le daríamos una recompensa y, por ese motivo, aceptó acudir con su amigo a la Jefatura de Policía. Eugene Proud, al principio, se mostró muy tenso. Por suerte, parecía que no había bebido. Para que estuvieran más relajados, Dupin los invitó a su despacho, donde les preparó una merienda a base de chocolate caliente y bizcochos. Lo pasaron en grande mirando todas las vitrinas. En especial, les gustó el esqueleto. Como me pasó a mí, no pudieron evitar tocarlo y por poco también lo desmontan.

Dupin y yo soltamos una carcajada cuando se les cayó una mano al suelo.

Tras la merienda, el inspector prometió a Eugene Proud que solo queríamos la información y que en ningún caso tenía la intención de detenerle. A cambio, además, Dupin le confirmó que le daría dinero. Brandy Bones se dirigió a Eugene:

—Te aseguro que tanto el inspector como Poe son de fiar.

Entonces, del bolsillo interior de su chaqueta raída, Proud extrajo un pequeño paquetito que dejó sobre la mesa. Lo abrió y nos lo mostró. Era un dedo anular de mujer, largo y estilizado; sin duda, pertenecía a Mary Roget.

Nos contó que aquel día, cerca del puente de la Antigua Fábrica de Porcelana, vio a Mary Roget con un hombre. Lo describió como un caballero de unos cuarenta años, moreno, muy bien vestido. Le pareció que tenía bigote. Eugene cerró los ojos como para revivir lo que había visto.

—La mujer y su acompañante salieron de la cantina. Estaban discutiendo acaloradamente. Yo me escondí tras unos arbustos para admirar su belleza, aunque no sabía que fuera la famosa estrella de teatro. En medio de la discusión, él la agarró del cuello y luego la empujó. Ella cayó al suelo hacia atrás. El hombre se agachó y colocó su oreja en el pecho de la mujer para comprobar si su corazón todavía latía.

Después se incorporó. Estaba muy nervioso, miraba a un lado y a otro, y se llevaba las manos a la cabeza constantemente. En un momento dado se perdió entre los arbustos. Yo pensaba que había dejado ahí el cuerpo y me acerqué a ella. Llevaba un anillo de diamantes en el dedo anular de la mano izquierda; fue la única joya que le vi. Intenté sacárselo, primero suavemente. Después con más fuerza. El anillo ni siquiera se movía.

Eugene se detuvo en su relato. Nos miró entre emocionado y arrepentido por lo que nos iba a contar:

—Yo estaba hambriento. Llevaba dos días sin comer y necesitaba dinero para comprar algún alimento. Así que, tras comprobar que nadie me estaba mirando, le amputé el dedo de cuajo con mi navaja. Instantes después oí que alguien se acercaba al lugar. Era el hombre que la había matado, que regresaba junto a ella. Guardé a toda prisa el dedo con el anillo en el bolsillo de mi pantalón y salí corriendo.

El mendigo se levantó de su silla. Se le notaba alterado por lo que nos acababa de confesar.

—¿No podríais traerme una copita de vino... como parte del pago? —preguntó.

Hicimos un descanso. Kevin trajo una botella de vino. Dupin iba a llenarle una copa, pero él prefirió beber directamente a morro. Tras el primer trago, dijo sentirse mucho mejor. De nuevo comenzó a hablar.

—Me escondí detrás de unos arbustos. Por suerte, el hombre no me vio; pero yo tampoco lo veía apenas. Solo pude distinguir cómo hacía una serie de nudos y arrastraba el cuerpo en dirección al río. Me fui de allá lo más deprisa posible. Poco después, cambié el anillo por un montón de comida.

El inspector daba vueltas en su cabeza a un interrogante:

—¿Por qué crees que el asesino se alejó del lugar del crimen durante unos instantes? ¿Adónde fue?

Eugene Proud soltó una carcajada.

—Creo que fue a echar una «meadita».

Brandy Bones y yo también nos reímos.

—¿Que se fue a orinar? —masculló Dupin—. ¿Y cómo lo sabes?

Eugene Proud bebió otro sorbo directamente de la botella, esta vez mucho más largo que el anterior. Instantes después emitió un pequeño eructo. De nuevo, yo no pude evitar reírme.

—Porque regresó junto a la mujer abrochándose los botones del pantalón y con cara de alivio — concluyó tan pancho.

—Si lo ves, ¿crees que lo podrías reconocer? —le preguntó el inspector finalmente.

Eugene asintió con la cabeza al tiempo que bebía un poco más de vino.

—¿No me podrían traer algo de comer para acompañar este vinito? —miró a Dupin con los ojos pequeños, como queriendo dar lástima—. El chocolate estaba bien, pero ahora me apetecería algo más contundente.

El inspector pidió que le trajeran más comida. Kevin llevó al despacho varios sándwiches. Y hasta Bones se unió al banquete, aunque sin probar el alcohol, ya que le sienta muy mal. Fue entonces cuando Eugene Proud se dirigió a mí:

—¿Tú eres el de las galletas de mantequilla?

Yo asentí.

—¡Brandy Bones me ha dicho que me darías unas cuantas galletas de mantequilla si me portaba bien! —afirmó Proud.

Le expliqué a Dupin que siempre que mi madrastra hacía sus deliciosas galletas de mantequilla, cuando veía a Brandy Bones, las compartía con él.

—Cuando mi madre haga galletas, te prometo que guardaré unas para ti —le dije a Eugene.

Dupin esbozó una sonrisa. No era la primera vez que oía hablar de mis galletas, pero admito que me sorprendió la petición que me hizo a continuación:

—¡Pues yo también querría probar esas famosas galletas!

Vaya, pensé, Rudy Gigant, Brandy Bones, Eugene Proud, mi hermana Rosalie, y ahora también el inspector. Mi madrastra iba a tener mucho trabajo horneando bandejas y bandejas de galletas.

Le pedimos a Eugene Proud que nos acompañara al Hospital Santa Marta, donde Frank Burton
continuaba ingresado. Queríamos comprobar si el
mendigo reconocía al empresario.

Nos hicieron esperar en una sala hasta que llegó
el director del centro con el semblante muy serio. Se
dirigió al inspector:

—Lamento comunicarle que Frank Burton ha fa-
llecido. Estaba preparando el informe para enviárselo.

Tanto Dupin como yo nos quedamos de piedra.

CAPÍTULO 10

MENSAJE
TRAS LA MUERTE

Nadie esperaba que Frank Burton acabara de esta manera. Qué triste final. El médico nos dijo que se había quitado la vida. Junto a su cuerpo encontraron un nota que decía lo siguiente:

> No puedo soportar la carga de ser el asesino de mi amada Mary Roget, así que prefiero morir.
>
> Frank Burton

El médico nos entregó la nota. Yo la miré con mucha atención. Todavía conmocionados con esa noticia, Dupin le pidió al director si podíamos ver al difunto para que Eugene Proud pudiera reconocer si había sido el asesino de Mary Roget. El doctor nos acompañó a la sala donde estaba el cadáver. Pedimos a Eugene que se acercara más al muerto para verlo mejor. Lo escrutó detenidamente.

—Creo que no es él —soltó por fin el mendigo.

Dupin y yo nos miramos con extrañeza.

—¿Estás seguro? —preguntó el inspector.

—Sin duda es alguien parecido a él… De la misma edad. Pero así estirado sobre una camilla, no lo sé. Y encima con los ojos cerrados. Creo que no era tan delgado.

Dupin le interrumpió.

—Desde que Mary desapareció, ha podido perder peso con el disgusto.

Eugene volvió a clavar sus ojos en el difunto. Nervioso e indeciso, se llevó las manos a la cabeza.

—No sé… Tal vez con un traguito de aguardiente, recordaría algo más —balbuceó.

El inspector negó con la cabeza. Estaba claro que ya no sacaríamos más información de Eugene Proud.

Cuando Dupin y yo nos quedamos a solas en su despacho, estuvimos sin decirnos nada un largo rato. En realidad, todavía nos encontrábamos conmocionados con la noticia de la muerte de Burton. Hasta nos habíamos olvidado de la última prueba: el dedo que tanto nos había costado encontrar.

Dupin rompió el silencio:

—Con la nota en que Frank Burton se autoinculpa, tendré que cerrar el caso definitivamente. El testimonio de Eugene, si bien no ha sido definitivo, tampoco descartaba que pudo ser él.

Esa noche, Robert Allan estuvo todo el tiempo increpándome durante la cena. Estaba furioso porque había suspendido un examen y pagó su mal humor conmigo y con su madre, aprovechando que mi padrastro no estaba.

—Esta comida parece para animales —le dijo a su madre y, a continuación, se dirigió a mí—: A ti te gusta porque eres un animal.

Si he de ser sincero, lo sentí más por mi madrastra que por mí. No pude contenerme.

— Déjala en paz —le grité.

Robert Allan no me hizo ni caso, por supuesto, así que le propiné una patada por debajo de la mesa. Tras fingir que le había dolido exageradamente, se lanzó contra mí. Por suerte, puede esquivar su puño. Mi madrastra se interpuso entre nosotros.

—Ya vale, por favor. Dejad de comportaros como enemigos.

Robert Allan, con el rostro tenso, dio una patada a una de las sillas y salió del comedor dando un portazo. Mi madrastra y yo continuamos cenando en silencio. Yo, muy disgustado. Ella, muy triste. Conté 6 lágrimas que cayeron de sus ojos.

Tras la cena, fui a mi habitación y pillé a Robert Allan rebuscando entre mis cosas. Había encontrado el trozo del mural del teatro donde aparecía el dedo de Mary Roget y lo había rasgado en pedacitos. Pero lo peor era que sostenía la medalla de porcelana con el retrato de mi madre verdadera, lo único que conservaba de ella. En cuanto me vio en el quicio de la puerta, arrojó la medalla al suelo. Furibundo, yo me abalancé sobre él. Los dos caímos al suelo.

—¡Deja en paz mis cosas! —le grité.

Él me propinó un golpe en el torso, que yo le devolví. Mi madrastra nos oyó y, entre lágrimas, se acercó a nosotros:

—Ya no puedo más, estoy harta de vuestras peleas —berreó.

Lloraba con tanta rabia que los dos nos quedamos quietos como estatuas. Su voz estaba rota de dolor.

—No os pido que seáis amigos del alma, pero de alguna manera ahora sois hermanos. Deberíais amaros como hermanos. Al menos, aprended a convivir…

Robert Allan estaba fuera de sí:

—Muchas veces dos hermanos se odian… ¡Un hermano bien puede matar a otro!

Salió corriendo, se encerró en su habitación dando otro portazo.

Inmediatamente recogí la medalla de mi madre. Por suerte, no se había roto. El esmalte de porcelana continuaba intacto. Si Robert me la hubiera roto, juro por mis muertos que idearía el más perverso susto para él. Después, recogí los trozos del mural donde estaba pintada parte de la mano y el dedo anular de Mary Roget. Las pinceladas eran tan precisas que hasta se distinguían los poros de la piel. Pensé que nos habíamos olvidado de analizar el dedo que nos había entregado el mendigo porque había coincidido con la muerte de Frank Burton.

Antes de meterme en la cama, coloqué la medalla de porcelana en la palma de mi mano y acaricié el retrato con mi dedo dibujando círculos hasta 7 veces. Le di otros 7 besos de buenas noches y me dormí.

Antes de ir a la escuela, fui a la Jefatura de Policía. No me quitaba de la cabeza el dedo y quería examinarlo con la potente lupa que Dupin guardaba en su despacho. Kevin me dijo que el inspector se había ido a Washington para una reunión urgente.

—Hacía tiempo que los jefazos querían verlo, y ahora que todo indica que el culpable de la muerte de Mary Roget es Frank Burton no ha tenido otro remedio que irse a Washington.

Sin embargo, Kevin me abrió el despacho de Dupin para que pudiera analizar con la lupa el dedo de Mary Roget. Situé el bote con el dedo frente al cristal de aumento. ¡Qué grande! Al igual que en el mural, hasta se podían ver los poros de la piel.

Abrí el frasco y tomé el dedo con unas pinzas. Lo situé frente a mis ojos. Visto directamente a través de la lupa, todavía era más repugnante. En especial la parte seccionada; podía verse un trozo de hueso y varias terminaciones nerviosas. Fui dándole la vuelta para examinarlo en su totalidad. Cuando estaba observando la parte trasera de la uña, me pareció ver algo. Pestañeé. En primer lugar, vi que la uña estaba ligeramente rota. Pensé que seguramente era porque Mary había tratado de defenderse de su agresor. Pero todavía me esperaba otra sorpresa mayor.

Al acercarme más, encontré enganchado a la uña un pelo rojizo muy rígido. Un pelo típico de una barba. ¿A quién conocía entre los relacionados con el caso que tuviera la barba rojiza? Al principio pensé que a nadie. Pero, de repente…, me quedé lívido al responder a la pregunta que yo mismo me había formulado. Sí conocía a alguien que tenía la barba rojiza.

E inesperadamente, también en ese instante, me vino a la cabeza lo que me había dicho mi hermanastro el día anterior: «Muchas veces dos hermanos se odian… ¡Un hermano bien puede matar a otro!».

¡Jeff Burton! ¿Era el asesino de Mary Roget? Parecía un hermano ejemplar, siempre tan atento y cariñoso con su hermano. Y, a pesar de que llevaba la barba más larga, me había parecido ver que tenía una herida en la mejilla derecha. Estaba casi convencido de que se había dejado crecer más la barba cuando desapareció Mary Roget. Jeff Burton tenía el pelo castaño pero la barba rojiza. ¿Por qué había un pelo suyo detrás de la uña de la víctima? Una posibilidad era que Mary le hubiera arañado para defenderse. Dejándose la barba más larga, Jeff lograba dos propósitos. El primero, tapar el arañazo. El segundo, modificar su aspecto por si alguien lo había visto con la artista.

Antes de irme del despacho de Dupin, pedí a Kevin que me dejara ver la etiqueta de la sombrilla en la que supuestamente Mary Roget había escrito su nombre. La comparé con la nota de suicidio de Frank Burton. Las dos letras «t» (de Roget y Burton) eran muy parecidas. El travesaño horizontal era muy peculiar, en ambas acababa en una especie de espiral. Lo mismo sucedía con la letra «r». De repente, me pregunté si podía ser que la misma persona hubiera escrito la etiqueta con el nombre de

Mary Roget y la nota de suicidio. ¿Cabía la posibilidad de que todas esas pistas fueran falsas?

Tenía que confirmar mis sospechas y comprobar que la barba de Jeff Burton escondía un arañazo. Pero Auguste Dupin no estaba, así que tendría que actuar yo solo…

Fui al despacho de abogados Smith, Burton & Nobles, donde Jeff era socio fundador. Al entrar, como era la primera vez que iba a ese lugar, tuve que hacer un círculo. El joven asistente que me abrió la puerta me miró con extrañeza. ¿Por qué nadie entendía que me apeteciera hacer un círculo al entrar a los sitios nuevos? Le dije que era supersticioso, pero no pude evitar que se riera de mí.

—El inspector Auguste Dupin me envía para que el letrado Jeff Burton firme un documento e iniciar los trámites para cerrar el caso de Mary Roget.

Por supuesto, se trataba de un documento que me había inventado como excusa para ir a su despacho.

Mientras avanzábamos por un estrecho pasillo, pensé cómo acercarme a la barba del letrado e intentar saber si escondía un arañazo. Había recordado lo mucho que se acercaba a las personas Eugene Proud para hablarles cuando estaba ebrio. Fingir que estaba algo bebido era lo único que se me había ocurrido.

En su despacho me llamaron la atención 3 trofeos situados entre los libros de la estantería que ocupaba una pared. El joven asistente me susurró que el abogado era un gran aficionado a la escalada.

—Ha ganado esos premios por conseguir ascender varias montañas altísimas —me comentó.

Me quedé pensativo con esa información. Recordé que Dupin había dicho que el asesino de Mary Roget debía de ser marinero por la destreza que había manifestado en hacer los nudos. Por la misma razón, también podía ser un experto montañero. Tras preguntarme si quería beber algo, el asistente salió del despacho e, instantes después, llegó Jeff Burton.

Lo primero que hice fue darle el pésame por la muerte de su hermano. Al estrechar su mano, intenté escrutar si tenía una herida debajo de la barba; pero no conseguí ver nada. Le entregué un documento que me tenía que firmar. Iba a estampar su rúbrica con su elegante pluma, cuando de pronto se dirigió a la puerta del despacho con cierta precipitación.

—Si me disculpas, tengo que ausentarme…

El ayudante entró en ese momento con una limonada para mí.

—¿Adónde ha ido el letrado? —le pregunté anonadado.

El asistente se acercó a mi oreja.

—Entre nosotros, ha ido corriendo al cuarto de aseo —susurró riéndose—. Sufre incontinencia urinaria.

Me quedé boquiabierto. Recordé que el mendigo Eugene Proud había comentado que creía que el asesino se había alejado del cadáver unos instantes para ir a orinar.

Cuando Jeff Burton regresó al despacho y firmó los papeles, yo empecé a hablar balbuceando.

—¿Qué te pasa? —me preguntó extrañado.

Yo me acerqué mucho a él. Jeff Burton me miró como diciéndome que yo estaba mal de la cabeza.

—Es que antes de venir he bebido un vaso de vino —dije.

Confiaba en que me creyera, pues sabía de muchos pillastres que ya a mi edad eran alcohólicos.

Me aproximé más a su cara y le toqué la mejilla. Él me apartó la mano bruscamente.

—¿Se puede saber qué haces? —el abogado estaba furioso.

Me tomó de la oreja y me obligó a salir del despacho. ¡Casi me tira al suelo!

Sin embargo, yo sonreí satisfecho. Mi visita a aquel despacho había sido muy productiva. No solo había palpado el arañazo. También hubo algo que me llamó la atención al aproximarme tanto a él. El olor que desprendía su chaqueta de terciopelo.

Al salir, miré la firma de Jeff Burton. La «t» de Burton tenía una espiral muy peculiar en la punta; era igual a la que había visto tanto en la sombrilla como en la supuesta nota de suicidio de Frank. Eso

significaba que dicha nota podía haber estado falsificada por Jeff.

CAPÍTULO 11

¿ESTELLE ROGET ESTÁ VIVA?

Tenía que reflexionar sobre mi visita al despacho de abogados. Estaba tan excitado que había olvidado ir a la escuela, pero tenía cosas más importantes que tratar. Estaba completamente seguro de que Jeff Burton era el verdadero culpable. ¡¡También de la muerte de su hermano!! Necesitaba escribir una de mis listas exponiendo por qué creía que el abogado era un asesino. Pensé que se la daría a Dupin cuando regresara de su viaje.

JEFF BURTON: CULPABLE DE ASESINATO

1) El pelo de su barba en la uña rota de Mary Roget.
2) El arañazo en la cara de Jeff Burton.
3) El testimonio del mendigo, que dijo que era alguien parecido a Frank Burton pero que no era él.
4) La incontinencia urinaria de Jeff Burton.
5) Su afición al alpinismo.
6) La nota del supuesto suicidio de su hermano falsificada.
7) El extraño olor de su chaqueta de terciopelo.

Uno a uno, fui analizando los argumentos que había escrito en la lista.

1) El pelo que había encontrado en el dedo de Mary Roget con la lupa pertenecía a una barba rojiza, como la de Jeff Burton. A Mary Roget se le rompería la uña mientras forcejeaba con su atacante.

2) Al tocar la cara de Jeff Burton en el despacho, pude notar que bajo su barba había una herida. Parecía un arañazo, lo que justificaría que se estuviera dejando crecer la barba para taparlo.

3) Eugene Proud dijo que creía que Frank Burton no era el asesino que él vio, pero que le recordaba a él. Lo dijo porque, efectivamente, Frank y Jeff eran hermanos de sangre y guardaban bastante parecido físico.

4) Jeff Burton tiene incontinencia urinaria, y Eugene Proud afirmó que el asesino fue a orinar durante unos minutos que él aprovechó para robar el anillo al cadáver. En la funeraria, fue al cuarto de aseo en 3 ocasiones.

5) Su afición al montañismo explicaría su pericia en hacer nudos. Dupin había pensado que se trataba de un marinero. Pero también podía ser un escalador. Los escaladores necesitan saber hacer nudos tanto como los marineros. Y Jeff Burton era un experto alpinista.

6) Jeff Burton había escrito la etiqueta de Mary Roget en la sombrilla y la nota de suicidio. En

el primer caso, para aportar una pista falsa. En el segundo caso, podía significar que él había sido el asesino de su hermano.

7) El extraño y empalagoso olor de la americana de Jeff Burton me resultaba familiar porque Estelle Roget, la madre de Mary, utilizaba ese perfume, un aroma a canela inconfundible y repugnante. Así que Jeff tenía algo que ver con su desaparición…

Sin embargo, ¿por qué la americana del abogado olía a canela si Estelle Roget estaba en Nueva York en casa de su hermana? ¿O acaso estaba más cerca? ¿Y si Jeff Burton también había matado a Estelle Roget? Que su americana desprendiera olor a su perfume podía ser un indicativo de que aún estaba viva. Pero, entonces, la pregunta era dónde estaba.

Sentí que tenía que hacer algo. La casa de Jeff estaba a las afueras de Boston, tal vez podría ir a investigar. ¿Y si la tenía allí encerrada?

Fui a la Central por si acaso Dupin hubiera regresado. Pero no. Ni siquiera Kevin podía ayudarme. Todos estaban muy ocupados porque habían recibido una pista de dónde podía estar el niño Michael Bloom. Un gran número de agentes se iba a trasladar al lugar indicado, al otro lado del río Charles. Lo único bueno era que Dupin, con esta noticia, seguramente regresaría de inmediato. Finalmente decidí ir a investigar a casa de Jeff Burton por mi cuenta. Temía por la vida de Estelle Roget.

Fui a buscar a mi hermana y le pedí que me acompañara a Charlestown, el barrio residencial donde vivía el letrado. Ella aceptó con una condición: que le reservara media docena más de galletas de mantequilla. Como sabía que nuestra misión podía ser peligrosa, también le pedí a Neverland que viniera con nosotros. En caso de emergencia, él volaría a pedir ayuda a Kevin.

Tras caminar 2 horas y más de 9.800 pasos, llegamos a Charlestown. Nos dirigimos a una plaza donde se encontraba el centro comercial de la zona. Tras preguntar a media docena de personas si conocían a Jeff Burton, un hombre nos indicó dónde estaba su casa. Entre la plaza y su calle, conté 200 pasos.

Nuestro destino era una casa de dos plantas, de construcción sobria y rodeada de un enorme jardín vallado. No nos fue difícil entrar con la ayuda de una escalera que tomamos prestada del edificio de al lado, que, casualmente, estaba en construcción. Tras saltar la verja, nos acercamos sigilosamente a una de las ventanas. Rosalie estaba muerta de miedo. Tuve que llevarla de la mano para que no se quedara atrás.

Nos asomamos a una de las habitaciones; sin duda, era el dormitorio. Nos quedamos boquiabiertos con lo que vimos. Las paredes estaban repletas de retratos de Mary Roget, así como de los recortes de las noticias que habían salido sobre ella en el *Boston News* o los programas de mano de los espectáculos que había protagonizado. Ahí también estaba un trozo del mural de la fachada del Teatro Principal donde aparecía Mary Roget. Justamente, el trozo más solicitado: el de sus labios. Jeff era el misterioso comprador que había pagado una fortuna por adquirirlo. Estaba claro que ese hombre estaba obsesionado con ella.

Avanzamos 8 pasos más hasta asomarnos a la ventana de otra estancia. Era un enorme salón. A continuación, nos dirigimos a la siguiente ventana, donde estaba la cocina. En ella había un gran desorden y, al fondo, pudimos ver a una mujer encadenada a la pared. Un collarín de hierro rodeaba su cuello. ¡Parecía una esclava!

Yo le hice señas, pero fue inútil. Estaba muy débil, la cabeza se le ladeaba. No obstante, pudimos reconocerla. Era Estelle Roget.

—¡Tenemos que entrar! —proclamé.

—¡Tenemos que entrar! —repitió Rosalie.

Con una piedra del jardín, rompí el cristal de la ventana y así pude introducir mi mano y abrir el cerrojo. Tras entrar, a pesar de las prisas, tuve que formar un círculo con mis pasos. Solo tardé 3 segundos; mi hermana me apremió para que me dejara de supersticiones. Nos dirigimos a donde estaba Estelle Roget sentada y la sacudimos suavemente.

Se emocionó al vernos y empezó a llorar. Se encontraba muy demacrada. Se aferró a mi mano y me pidió que la sacáramos de ahí. El hierro que rodeaba su cuello tenía un enorme candado. Habló con la voz débil:

—Tenéis que huir de aquí. Ese hombre está mal de la cabeza.

Estelle Roget nos contó que la primera vez que su hija desapareció no se preocupó lo más mínimo. El problema era que Frank Burton se había enamorado perdidamente de Mary y no soportaba que tuviera tantos admiradores. Empezó a vigilarla de forma obsesiva. Su hija se agobió y decidió pasar unos días en casa de una amiga. Esa fue la primera vez que «desapareció».

—Antes de irse, me lo contó para que no me preocupara. Me hizo jurar que no diría nada a Frank Burton, ni a nadie, para que el empresario no pudiera «comprar» la información. Sin embargo, Frank no soportaba su ausencia, se volvió loco, necesitaba encontrarla y decidió denunciar su desaparición a la policía. Intenté que Frank cambiara de opinión, pero no hubo manera. Así que, frente a las autoridades, tuve que fingir que yo también estaba muy preocupada. Cuando Mary reapareció, Frank Burton se obsesionó más con vigilarla. La obligó a dejar el trabajo. La amenazó con matarla a ella si lo abandonaba y dijo que luego se mataría

él. Incluso le enseñó un arma para que viera que sus intenciones eran serias.

Mientras la anciana se tomaba un intervalo para respirar, yo recordé la pistola y la daga que había visto en la habitación del empresario.

Estelle Roget continuó con su relato.

—Mary, por miedo a su reacción, aceptó. Frank le regaló un anillo de diamantes de gran valor. Sin trabajar y con él, mi hija estaba cada día más triste. Entonces pedimos ayuda a su hermano Jeff Burton, un hombre que, en un principio, nos pareció la solución perfecta. Fue encantador y se comprometió a hablar con Frank. ¡Qué equivocadas estábamos!

La señora nos explicó que un día Frank y su hija discutieron violentamente. La vedete, agobiada porque no la dejaba ni respirar, le confesó que no lo amaba y que no quería casarse. Frank se quedó lívido como una hoja de papel. Estaba furibundo, la amenazó de nuevo con matarla. Estelle Roget, que fue testigo de esa pelea, consiguió convencer a Frank para que dejara a su hija salir de su cuarto, donde la había encerrado.

—Al día siguiente, le dije a mi hija que huyera de nuevo a casa de su amiga y luego que se escapara a Nueva York a casa de mi hermana. Pensé que conseguiría calmar a Frank y que la separación le haría renunciar a mi hija. Sin embargo, solo la dejó salir con la condición de ir a buscarla esa misma noche.

Fue la noche de la tormenta terrible que cayó sobre Boston. Eso hizo que no pudiera ir a por ella hasta el día siguiente.

Estelle se detuvo en su relato unos instantes. Estaba emocionada.

—Ya nunca más volví a ver con vida a mi hija. Yo pensaba que habría huido como quedamos, pero tenía miedo de que la encontrara y la matara, tal era su estado de locura. Por eso pensé que, si la policía también estaba buscándola, él no se atrevería a hacerle nada. Así que fui yo a poner la denuncia, aunque no sirvió de nada…

En este momento, la madre se detuvo, sin duda emocionada por sus propias palabras. Continuó con un hilo de voz:

—Jeff Burton, sabiendo que su hermano estaba destrozado por la muerte de mi hija y conociendo sus celos enfermizos, lo convenció para que intentaran cerrar el caso enseguida. Él conocía artimañas para hacerlo. Le aseguró que era la mejor forma para que no hablaran más de ella. Yo sí que quería saber la verdad y estaba decidida a colaborar con la policía, pero Jeff Burton descubrió mi intención y me amenazó. Hablé con Frank para decirle que debería saberse la verdad, pero él había enloquecido del todo. No quería saber nada del mundo. Era un pelele en manos de su hermano. Jeff Burton me dijo que yo también era un estorbo para sus planes. Me secuestró, me trajo hasta su casa y me encerró. Estoy convencida de que quiere matarme, pero debe de estar pensando en cómo hacerlo sin levantar sospechas. Está tan loco o más que su hermano Frank.

Estelle ya no aguantó más y se desmayó.

En ese instante oímos un coche de caballos acercándose. Sin duda, se trataba del vehículo de Jeff Burton. Reanimé con un par de cachetes a la mujer y, al percatarse de la situación, nos pidió que nos fuéramos de inmediato. Nos advirtió de que si nos descubría, era capaz de matarnos.

—No podemos dejarla así —le dije.

No, no podemos dejarla así —repitió mi hermana.

Estelle nos interrumpió:

—Al contrario. Rápido, id a pedir ayuda.

CAPÍTULO 12

UNA NOCHE
DE TERROR

Rosalie y yo salimos a toda prisa por la ventana. Rodeamos la casa para ver si había alguna puerta o lugar por donde escapar. Dedujimos que era imposible salir sin saltar la verja. El problema era que ya no teníamos la escalera que habíamos utilizado para entrar; se había quedado en la parte exterior de la casa. Vimos entonces la puerta de hierro forjado que daba a la cuadra donde se guardaba el coche de caballos. Allí estaba Jeff Burton; acababa de bajar de su vehículo. Nos escondimos tras un pozo y observamos sus movimientos. Aprovechando que estaba descensillando el caballo, nos dirigimos a la entrada parapetados por unos arbustos. Intentamos ser silenciosos, pero tuvimos la mala suerte de que yo tropezara con un cubo metálico que, al caer, produjo un ruido escandaloso. El caballo, algo asustadizo, relinchó y levantó sus patas delanteras, alertando a su dueño.

Salimos corriendo de la casa por la puerta principal. Sabíamos que Jeff Burton ya nos había visto, así que daba igual. También sabíamos que era capaz de matarnos, pero nos quedamos aterrorizados cuando miramos a nuestras espaldas. ¡Llevaba un hacha en su mano! Le pedí a Rosalie que acelerara el paso. El abogado se acercaba cada vez más a nosotros.

—¡No podréis escapar de mí! —gritó.

Nos adentramos en el bosque para despistarle, pero mi hermana trastabilló. Tuve que retroceder y ayudarla a incorporarse. Jeff Burton estaba a punto de alcanzarnos, cuando Neverland, como una exhalación, aterrizó en su cara. Mi cuervo le dio un brutal picotazo en la mejilla; a cambio, estuvo a punto de recibir un hachazo del abogado. Gracias a Neverland, Rosalie había tenido tiempo de levantarse y de nuevo nos habíamos alejado de nuestro perseguidor. Seguimos corriendo mientras oscurecía, hasta que esta vez fui yo quien cayó al suelo, arrastrando a mi hermana en la caída. Rosalie hizo un gesto de dolor.

—Ya no puedo más —masculló desesperada y llorando.

Me di cuenta de que no podríamos escapar. Jeff Burton ya estaba a pocos metros de nosotros. Pensé que su hacha estaba a punto de atravesarnos. Muerto de miedo, cerré los ojos y visualicé a mi madre verdadera. Si moríamos, nos reuniríamos con ella.

Abrí los ojos al escuchar la respiración jadeante de Jeff. ¡Y me rebelé! ¡Yo no quería morir tan joven! Entonces vi como Neverland, igual que una flecha rabiosa, se dirigía contra la cabeza de Burton y aterrizaba en su pelo. El abogado, dando bandazos, intentaba sacárselo de encima. Pero no conseguía sujetarlo. Sus agudos graznidos reflejaban su rabia. Burton empezó a alejarse de donde estábamos, tratando de liberarse del cuervo. Neverland picoteó los ojos del abogado. Sin duda, su intención era cegarle. Oímos los gritos de dolor de Burton, pero también los graznidos desesperados de mi cuervo.

—¡Mis ojos, mis ojos, no veo nada!

Rosalie y yo, todavía en el suelo, nos abrazamos.

Nos habíamos librado de Jeff Burton, pero estábamos muy preocupados porque no sabíamos si Neverland habría sobrevivido. Una rozadura del hacha de Burton en el cuerpo menudo del cuervo era suficiente para matarlo.

Mi tristeza era inmensa, pero tenía que actuar como hermano mayor y mostrarme sereno. Ya era de noche. La única iluminación procedía de la luna, que casi estaba llena. Mi hermana gemía asustada y hasta yo, que soy un fanático de la oscuridad, tenía pavor. Estábamos completamente perdidos. Avanzamos lentamente entre los árboles, de tronco en tronco. Además de sentir un cansancio terrible, Rosalie estaba hambrienta. Buscábamos una casa donde pudiéramos pasar la noche, pero seguíamos sin ver ningún signo de civilización.

Habíamos dejado el bosque atrás cuando, de súbito, vimos una verja abierta. Parecía que entrábamos en un parque.

—Estoy agotada —declaró mi hermana—. ¿Por qué no descansamos un poco aquí?

Nos sentamos en un banco. Mi hermana se frotó los ojos. Podíamos entrever unas piedras.

—¿Y si estamos en un cementerio? —gritó.

Solté una carcajada.

—¿Cómo puedes pensar que estamos en un cementerio?

Nos estiramos en el banco y no tardamos en conciliar el sueño, aunque antes yo tuve un pensamiento hacia Neverland. Estaba convencido de que Burton le había dado un hachazo. Con los ojos llorosos, me dormí pensando que lo echaría mucho en falta.

Abrí los ojos al notar el calor del sol en mi rostro. Eso significaba que era de día y que, por tanto, habíamos sobrevivido a la noche. Miré a mi izquierda; mi hermana Rosalie dormía plácidamente. Me in-

corporé y observé a mi alrededor incrédulo. ¡Habíamos pasado la noche en un cementerio! No pude
evitar reírme.

Rosalie se despertó con mis risas y al ver dónde se
encontraba empezó a gritar histérica. Tuve que
abrazarla para tranquilizarla. Por suerte, no nos habíamos dado cuenta de que estábamos en un cementerio hasta que ya era de día.

—Quiero irme a casa —proclamó por fin más
sosegada.

Di un giro de 360 grados sobre mí mismo buscando a Neverland. Continuaba sin aparecer.

—Gracias a Neverland, estamos vivos —mascu-
llé con la voz llorosa.

Llevábamos muchas horas sin comer, a la intemperie, agotados. Al atravesar la verja, el guar-
dián del cementerio nos miró como si fuéramos
una aparición.

—Nos perdimos y hemos pasado la noche aquí
—le aclaré.

Le dije que necesitábamos ir al centro de Boston.
El buen hombre se compadeció de nosotros. Avisó a
un marmolista que se dirigía a nuestro barrio y este
se ofreció a llevarnos. Nos dejó en la Central de la
policía como le pedí.

Por suerte, Dupin había regresado a Boston, si bien la pista sobre Michael Bloom había resultado ser falsa. En cuanto aparecimos, supimos a través de Kevin que nuestros padrastros nos habían estado buscando. Solo verme, me abrazó:

—Nos das unos sustos, ¡menos mal que estás vivo!

A continuación, fuimos al despacho de Dupin. Nos confesó que él también estaba muy preocupado y yo me dispuse a contarle todo lo que habíamos descubierto.

—Hemos pasado mucho miedo, pero ha sido apasionante.

Rosalie, como siempre, me hizo de eco:

—Sí, ha sido apasionante.

Lo mejor de todo fue que mientras estuvimos con él pudimos desayunar como reyes: chocolate a la taza, fruta y bizcochos. El inspector me escuchó atónito pero dando credibilidad a mis palabras. Le hablé de cómo había deducido que el verdadero asesino de Mary Roget era Jeff Burton y de cómo había llegado a la conclusión de que Estelle Roget había sido secuestrada. Eso sí, me reprendió por haber ido con mi hermana a buscar al asesino. Aunque a continuación proclamó alto y claro:

—Vas a ser un gran detective.

Cuando le oía hablar así, ya no tenía la certeza de querer ser escritor de mayor. Convertirme en inspector en un futuro, como él, también me apasionaba.

Lo primero que hizo Dupin fue hablar con sus hombres para que fueran a liberar a Estelle Roget. Otro grupo recibió la orden de búsqueda y captura de Jeff Burton. Simultáneamente, había enviado a dos policías a nuestras casas para decir a nuestras familias que nos encontrábamos sanos y salvos. Justificarían nuestra ausencia aduciendo que habíamos sido determinantes para esclarecer unos importantes crímenes. El inspector lo hacía, en especial, pensando en mi padrastro, para evitarme una paliza.

Estelle Roget regresó a su pensión tras un reconocimiento médico, al menos con la alegría de que habían detenido al asesino de su hija. A Jeff Burton lo detuvieron sin dificultad no muy lejos de su casa ese mismo día. Lo encontraron dormitando junto a una carretera. Tenía los ojos ensangrentados y diferentes heridas de picotazos tanto en la cara como en el cuerpo. Antes de ir a la cárcel, también pasó por el hospital. El médico afirmó que, con el tiempo y cuidados, recuperaría la vista.

Por agradecimiento a mi decisiva intervención, Dupin me invitó a asistir con él al interrogatorio.

Jeff Burton llegó del brazo de un agente de policía. No veía nada excepto sombras, según reconoció él mismo. Estaba muy desmejorado, casi ciego y con la cara llena de arañazos y picotazos. Yo no pude dejar de pensar en la valentía que había demostrado mi adorado Neverland atacando a ese hombre.

No tardó en confesar. Como abogado, sabía que colaborar era lo único que podría atenuar la condena que, sin duda, le iba a caer.

—Mary Roget era la mujer más hermosa que he visto en mi vida —masculló emocionado al recordar—. Me enamoré perdidamente de ella en cuanto la vi, y me convertí en su confidente. Ella se desahogaba conmigo. Comenzó a hablarme de los terribles celos de mi hermano. Por suerte, pronto descubrí que no quería casarse con él. Frank no la dejaba ni respirar. Entonces pensé que era mi gran oportunidad.

Jeff Burton se detuvo en este punto.

—Mary me pidió ayuda para que Frank la dejara en paz. La segunda vez que se ausentó de la pensión, ella y yo habíamos quedado para hablar. Le dije que la ayudaría a huir, pero en realidad quería declararle mi amor.

Dupin le interrumpió.

—¿Fue el mismo día en que iba a ir a casa de su amiga?

El abogado asintió:

—Sí. Fuimos a una cantina que hay cerca del puente de la Antigua Fábrica de Porcelana. Aquel día, Mary estaba tan hermosa que no pude resistirme. Intenté besarla y le dije que la quería solo para mí. Ella se enfadó conmigo, me levantó la voz. La dueña de la cantina nos escuchó. Discutimos y ella salió furiosa. Forcejeamos. Yo quería tranquilizarla, tuve que agarrarla con fuerza para que no se fuera. Mary quería liberarse de mí, empezó a mover sus brazos descontroladamente, a pegarme, a gritar. La agarré del cuello solo para que se callara. Entonces me arañó la mejilla con sus afiladas uñas... Y sin darme cuenta, apreté más y le di un empujón. De pronto, no se movía. Estaba inerte.

Jeff Burton se detuvo en su relato.

—Juro que no quería matarla, fue un accidente —balbuceó—. No sabía qué hacer. Pensé que el río estaba cerca. Arrastré su cuerpo unos metros, pero, al ver que quedaba lejos, corrí a buscar una cuerda de una barca. Regresé y la até como pude para poder transportarla mejor. Como solo tenía una cuerda, usé la tela de su vestido también. Luego, la escondí entre unos arbustos. Y me quedé ahí. Recuerdo que más tarde estalló una tormenta terrible. Diluviaba y pensé que de noche la empujaría hacia el agua. Con un poco de suerte, con la oscuridad y aquella terrible tempestad, nadie me vería y la corriente la llevaría hacia el mar...

En este punto, el abogado rompió a llorar. Sin embargo, su rostro se endureció a los pocos segundos. Su voz se tornó cruel.

—Mi hermano siempre ha sido un débil de carácter. Desde que éramos unos niños, aprendí a manipularlo. Cuando Mary desapareció, le dije que, como abogado, yo me ocuparía de todo. Me sería fácil que todo el mundo lo señalara a él como asesino si aparecía el cadáver. Frank estaba tan destrozado que hacía lo que yo quería. Lo convencí para que se cerrase el caso sin investigar, que era lo mejor para que la gente dejase de hablar de Mary, para no ensuciar su recuerdo. Sin embargo, no logré que Estelle Roget, la madre, me obedeciese. Estaba empeñada en saber quién había asesinado a su hija y empezó a sospechar de mí. Decidí llevármela y encerrarla porque sabía que me causaría problemas. Pero no la maté. ¡Yo no soy un asesino!

A medida que escuchaba la declaración de aquel hombre, más evidente era para mí que nos hallábamos delante de un loco psicópata.

—Mi hermano estaba cada día más hundido y hasta conseguí convencerle para que se autoinculpara —se rio de golpe y a mí se me heló la sangre—. Mi sorpresa fue mayúscula cuando usted, inspector, afirmó que no había ninguna prueba concluyente. Entonces decidí echar una ayudita a la investigación.

Jeff Burton reconoció que había puesto las pruebas en el lugar de los hechos para inculpar a su hermano. Pero todavía nos esperaba una última sorpresa.

—Cuando estaba en el hospital, Frank me dijo que había recapacitado. Que él no era el asesino, así que no tuve otro remedio que hacerlo… No me fue difícil. Estaba muy débil.

De repente, comprendimos. Frank Burton no se había quitado la vida. Fue Jeff quien lo mató. En ese instante, recordé las palabras de mi hermanastro: «Muchas veces dos hermanos se odian… ¡Un hermano bien puede matar a otro!».

En este punto, Jeff nos dijo que tenía que ir al lavabo con urgencia, debido al problema que padecía. De nuevo, su incontinencia. Otra prueba de que era el culpable de la muerte de Mary Roget.

Sin duda, le esperaban muchos años de cárcel.

DE VUELTA A CASA

El mismo día en que Jeff Burton fue detenido, Dupin me entregó la recompensa por haberle ayudado a resolver el caso. Metió los billetes del pago en un sobre y me aconsejó que lo escondiera en el bolsillo de mi pantalón. Yo me sentí muy dichoso y salí del despacho con una sonrisa. Si trabajaba en unos pocos casos más para el inspector, no tardaría en reunir el dinero suficiente para viajar con mis hermanos en busca de mi padre.

En la Central todos estaban satisfechos; sin embargo, la dicha no era total. No había ninguna pista sobre la desaparición del pequeño Michael Bloom. Lo que había quedado descartado era que su secuestro tuviera relación con el asesinato de Mary Roget.

De camino a mi casa, me crucé con la señora Grander, la Correveidile del barrio, quien por supuesto ya se había enterado de lo que habíamos hecho mi hermana y yo.

—Sé que gracias a ti han detenido al asesino de Mary Roget.

Me pellizcó el moflete para felicitarme. A continuación, me besó en la mejilla.

Fue repugnante. Cuando entré en casa, lo primero que hice fue lavarme la cara. Al salir del aseo, mi padrastro me miró mal pero no se atrevió a reñirme, probablemente porque mi madrastra estaba ahí. Eso sí, en cuanto ella se fue a la cocina, me sujetó por el cuello y me amenazó:

—No vuelvas a colaborar con la policía, ¿me has oído? Tú lo que tienes que hacer es estudiar.

Antes de la cena, fui a mi habitación y guardé mi dinero en una caja que escondía debajo del colchón. Estaba impaciente por escribir a mi hermano mayor, William Henry Leonard, para contarle que había ayudado a resolver un caso de doble asesinato y lo cerca que estábamos de iniciar nuestro viaje en busca de nuestro verdadero padre.

Robert Allan llegó a casa tarde y malhumorado. Mi padrastro le castigó sin cenar porque ya habíamos empezado y lo mandó directamente a su habitación. Mi madrastra, para celebrar mi regreso al hogar sano y salvo, me había preparado una docena de galletas de mantequilla. Las devoré en menos de 2 minutos. Y aproveché para contarle que tendría que hacerme un montón de galletas más para algunos de mis amigos y conocidos.

Solo entrar en mi habitación, noté que alguien había estado removiendo mis cosas. ¡Robert! De repente, tuve un mal presentimiento. Miré debajo del colchón donde guardo mi caja del dinero. Por suerte, estaba ahí. Sin embargo, al abrirla, me di cuenta de que estaba vacía. Mi hermanastro me había robado el dinero.

Furibundo, fui a su cuarto.

—Devuélveme mi dinero —le grité.

—No sé de qué me hablas —me espetó.

—¡Sé que has sido tú, eres una mala persona! —repliqué.

—Te dije que me vengaría —e intentó darme un puñetazo.

Al oír nuestros gritos, sus padres nos obligaron a separarnos y pidieron explicaciones.

Yo hablé primero:

—Me ha robado algo que es mío.

—¿Qué te ha robado? —intentó colaborar mi madrastra.

Tragué saliva. No podía decir que tenía mi propio dinero y mucho menos cómo lo había conseguido. Robert Allan sonrió con cinismo.

Me incorporé furioso y me encerré en mi habitación con los ojos llorosos. Estirado sobre la cama, pensé que me había quedado sin nada. Me sentía vacío y muy solo. De nuevo, nuestro viaje a Irlanda parecía inalcanzable. Estaba destrozado.

En ese instante, oí un sonido familiar. Me giré en dirección a la ventana, de donde provenía el ruido y… Sí, era un graznido.

¡Neverland! ¡¡¡Neverland estaba vivo!!! Lo coloqué sobre mi mano y comencé a acariciarle su cabeza con movimientos circulares. Hice 50 círculos.

Tenía una pata herida, pero no parecía un corte muy profundo. Lo besé en el pico mientras, con los ojos emocionados, le agradecí que me hubiera salvado la vida enfrentándose a Jeff Burton. Le dije que le daría avellanas, su manjar favorito, como premio.

De repente, decidí que me vengaría de mi hermanastro. Y por supuesto recuperaría mi dinero. Y, con ese dinero, William Henry, Rosalie y yo iríamos a Dublín a buscar a mi padre.

Lo que no sabía entonces es que antes de ese viaje todavía tendría que enfrentarme a muchos peligros y aventuras.